诗词与家国情怀

刘建彪 ◎ 著

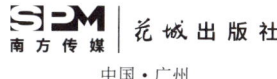

中国·广州

图书在版编目（CIP）数据

诗词与家国情怀 / 刘建彪著. -- 广州：花城出版社，2020.9（2022.7重印）
ISBN 978-7-5360-9199-3

Ⅰ．①诗… Ⅱ．①刘… Ⅲ．①古典诗歌－诗歌欣赏－中国－青少年读物 Ⅳ．①I207.22-49

中国版本图书馆CIP数据核字（2020）第153674号

出 版 人：张 懿
策划编辑：张 懿
责任编辑：陈诗泳
技术编辑：凌春梅
封面设计：王玉美
插图绘制：方 格

书　　名	诗词与家国情怀 SHICI YU JIAGUO QINGHUAI
出版发行	花城出版社（广州市环市东路水荫路11号）
经　　销	全国新华书店
印　　刷	佛山市迎高彩印有限公司（佛山市顺德区陈村镇广隆工业区兴业七路9号）
开　　本	880毫米×1230毫米 32开
印　　张	8.75　1插页
字　　数	190,000字
版　　次	2020年9月第1版　2022年7月第2次印刷
定　　价	45.00元

如发现印装质量问题，请直接与印刷厂联系调换。
购书热线：020-37604658　37602954
花城出版社网站：http://www.fcph.com.cn

中国当代作家、学者,原文化部部长、中国作家协会名誉副主席王蒙先生题词书名

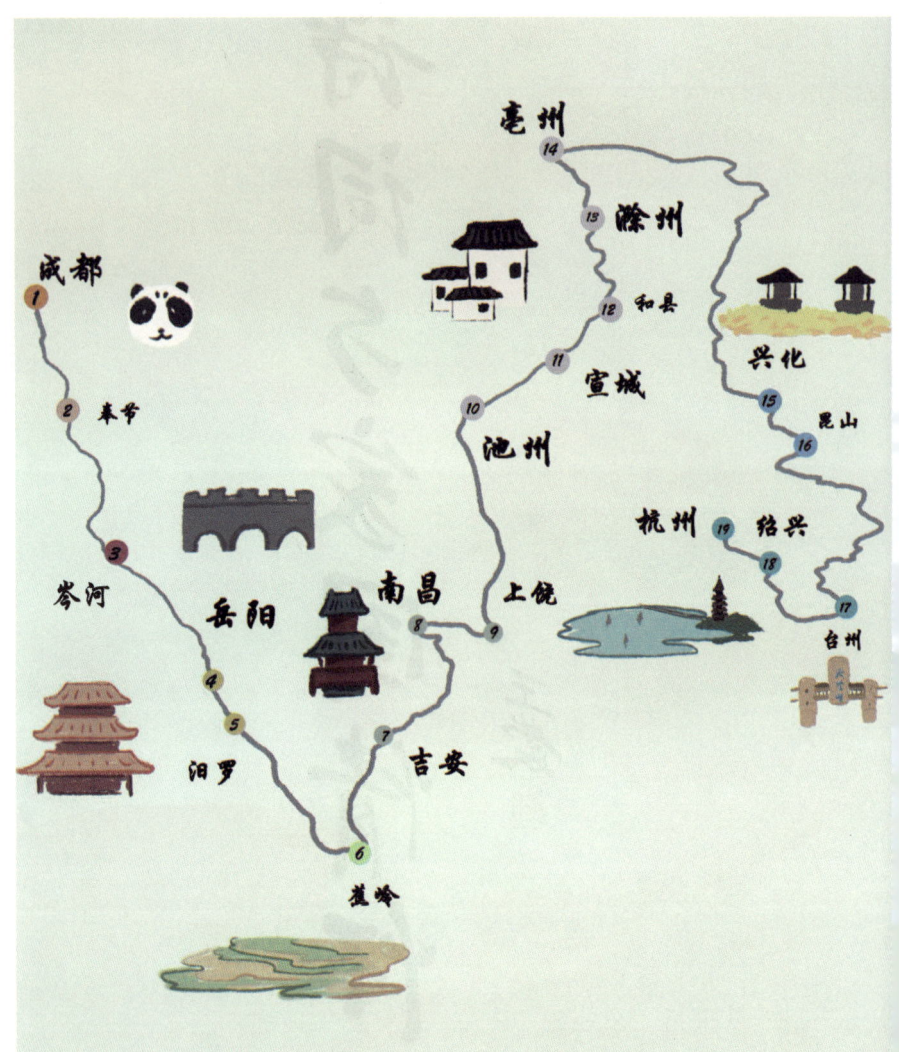

诗词游历示意图

序

时值暮春,应建彪之邀,为其新作《诗词与家国情怀》写序,遂欣然执笔,聊抒感怀。

不得不说,建彪是真正的"诗迷"。据我所知,建彪平日里坚持抄诗,尤爱吟诗论诗,沉浸在与古人精神往来的乐趣中。更难得的是,建彪笃志爱古,潜心创作,欲以己所学润泽他人。继《汉字与修身智慧》之后,《诗词与家国情怀》即将付梓,足见其创作之勤。

纵观全书,中国古代文人身上那种尤为可贵的精神——深沉醇厚的家国情怀让我由衷赞叹。千百年来,诗人用如椽大笔书写家国情义,无论是爱国报国之渴望,还是仁民恤民之热忱,均是诗人至高人格境界的生动写照。这些充溢家国情怀的诗篇折射出古人俊伟的人格与高贵的灵魂,或慷慨激昂,或沉郁悲切,或荡气回肠,细细读来,令人动容,更受鼓舞。相信阅历不同者,会从中品出不同的人生况味。

《诗词与家国情怀》不是一部诗词论稿,而是一本诗词类通俗读物，其独特之处表现在两方面：一是禅师与本本、空空寻访诗人故居或纪念馆的足迹构成一幅诗词游历地图，便于读者开启文化之旅，可谓别出机杼；二是以巧妙的对话引出所咏之诗词，逐一疏解，化繁为简，用明白晓畅的语言诠释诗词意蕴。值得一提的是，书中所选的四十五首诗词多为经典之作，将家国之思、故土之恋、黍离之悲、时局之忧蕴含其中，具有丰富的思想内涵和强烈的感染力。多读这些诗词，对于增广学识，积淀文化底蕴，提升心灵境界都大有裨益。

时隔千年，诗词中那股刚健强韧的力量依旧摄人心魄。我们的时代需要这样的诗篇，劝勉更多人尤其是青少年一代，在诗词的濡染与引领之下，培养浩然正气，厚植家国情怀，成为有理想、有担当的国家之栋梁！

晚唐律赋名家王棨的《跬步千里赋》里有言："志弗休者，虽难必易；行不止者，虽远必臻。"希望建彪深耕经典，久久为功，多有佳作问世！

是为序。

王京生
二○二○年 暮春

目　录

第一站　四川成都
野望 3
登楼 8
杜工部蜀中离席 12

第二站　重庆奉节
白帝 19
愁 23
蚕谷行 26

第三站　湖北岑河
走马川行奉送出师西征 31

第四站　湖南岳阳
渔家傲·秋思 37

第五站　湖南汨罗
国殇 45

第六站　广东蕉岭
春愁 53

第七站　江西吉安
金陵驿 61
沁园春·题潮阳张许二公庙 66

第八站　江西南昌
蜀中九日 73

第九站　江西上饶
水调歌头·和马叔度游月波楼 81
清平乐·独宿博山王氏庵 87
满江红·倦客新丰 92
水调歌头·壬子三山被召陈端仁给事饮饯席上作 97
水龙吟·登建康赏心亭 102

第十站　安徽池州
早雁 109

第十一站　安徽宣城
登新平楼 117

第十二站　安徽和县
西塞山怀古 125

第十三站　安徽滁州
宝剑 131

第十四站　安徽亳州
蒿里行 139
白马篇 144

第十五站　江苏兴化
潍县署中画竹呈年伯包大中丞括 151

第十六站　江苏昆山
精卫·万事有不平 159
壬戌清明作 164

第十七站　浙江台州
韬钤深处 173

第十八站　浙江绍兴
夜读兵书 181
金错刀行 185
夜泊水村 189
五月十一日夜且半梦从大驾亲征尽复汉唐故地 193
醉歌 197

第十九站　浙江杭州
新制布裘 205
桂枝香·金陵怀古 210
江城子·密州出猎 214
甲辰八月辞故里 219

别云间 224

满江红·登黄鹤楼有感 229

喜雨行 233

立春日感怀 238

赴戍登程口占示家人 243

湘月·天风吹我 249

三元里 255

黄海舟中日人索句并见日俄战争地图 261

后记 267

第一站　四川成都

野望

[诗词心能量]

七月的成都,天气炎热,土地滚烫,热风常常伴着蝉鸣扑面而至,偶有大雨突降,冲刷掉笼罩在天地间的燥热。这天,禅师、本本和空空正式踏上诗词游历之旅,他们在雨中来到了游历的第一站:杜甫草堂。

草堂占地面积近三百亩,完整保留着明弘治十三年(1500)和清嘉庆十六年(1811)修葺扩建时的建筑格局,草木青翠,流水萦回,小桥勾连,竹树掩映,显得古朴典雅、幽深静谧。

"真好看!"空空欢快地叫起来。

刚走到一半,雨突然大了些,一行三人连忙走进连廊里面的茶馆。

"咱们边喝茶,边举行杜甫诗友会?"禅师笑呵呵地问。

"好啊!"空空欢呼雀跃。

"本本,给我们说说杜甫草堂的来历吧!"禅师替本本满上一杯茶。

"天宝十四年(755),安史之乱爆发。为了躲避战乱,杜甫四处漂泊,居无定处。乾元二年(759)年底,杜甫携家人抵达成都。第二年春天,在友人的帮助下,杜甫在成都西郊美丽的浣花溪畔修筑茅屋。暮春时节,草堂落成,当时草堂并没有一个特定名号,杜甫草堂乃后人所指。"本本若有所思地看着屋檐上的茅草,继续说,"为庆祝草堂落成,杜甫专门写了一首诗,名叫《堂成》。"

"小诗神哥哥,我没听说过,愿闻其详。"空空眼里充满期待。

本本喝了口茶,四顾茶室没其他人,站起来高声诵道:

背郭堂成荫白茅,缘江路熟俯青郊。
桤林碍日吟风叶,笼竹和烟滴露梢。
暂止飞乌将数子,频来语燕定新巢。
旁人错比扬雄宅,懒惰无心作解嘲。

"好诗!"禅师鼓掌赞叹。

"环境清幽,竹木繁茂,鸟语花香,当时的自然环境好好啊!"空空完全沉浸在诗意中。

"想穿越啦?"禅师笑道。

"想啊!禅师,为什么杜诗被称为'诗史'?"空空问。

"杜甫是伟大的现实主义诗人,他青少年时游历各地,见证了开元盛世的太平景象。四十四岁那年,经历安史之乱,目睹战乱给国家和人民带来的种种苦难,其诗真实地反映了他的所见所闻及所感。其实啊,杜诗并不只限于记载历史,同时还对历史进行价值评判,所以后人称杜诗为'诗史'。"禅师话锋一转,"空空,此时此刻,你会想起哪首杜诗?"

"嗯……嗯……"空空一边思索,一边听着屋檐下的滴水声,他灵机一动,"我想起了《春夜喜雨》!"

"哈哈!《春夜喜雨》还真是杜甫在成都草堂所作。"禅师笑着对空空说。

"杜甫两次入蜀,第一次是公元759年12月至公元762年7月,第二次是公元764年春至公元765年秋,他在成都草堂居住了将近四年,过着一生中难得的安稳日子。这段时期是杜甫诗歌创作的丰收时期,他写了二百多首诗。"本本说。

"噢,《茅屋为秋风所破歌》说的是这个草堂吧?"空空问。

"是的。"本本点点头。

"本本,上元二年(761),杜甫自草堂骑马出郊,写了一首诗,叫什么?你来朗诵一遍?"禅师问本本。

"诗名叫《野望》。"本本再次站起来,深情地朗诵:

野望
〔唐〕杜甫

西山白雪三城戍,南浦清江万里桥。
海内风尘诸弟隔,天涯涕泪一身遥。
惟将迟暮供多病,未有涓埃答圣朝。
跨马出郊时极目,不堪人事日萧条。

"本本哥哥,请坐下来喝茶。"空空为本本倒茶,"请你分享这首诗的大意。"

"杜甫当年将近五十岁，一次骑马出郊，极目远眺，慨叹世事日益萧条而写下这首诗。此诗大意是：西山上白雪皑皑，重兵把守着蜀边要塞松、维、保三州，南郊外的万里桥横跨锦江。由于海内战火连天，我和几个兄弟失散在各地，千里迢遥，彼此音讯隔绝，想到这里，我不禁潸然泪下。我年纪大了，疾病缠身，未有丝毫功绩报答朝廷，心里真是惆怅啊！"本本对着禅师双手合十，"禅师，学生献丑了。"

"优秀！"禅师微笑道，"说得很好！杜甫不仅是伟大的现实主义诗人，更是一位值得我们景仰的爱国诗人，无论在哪里，无论处于什么样的艰苦环境，杜甫除了感慨自己身世悲凉之外，更重要的是，他总会想到'我的国家怎么办''天下百姓怎么办''我该如何为国家出力'。《野望》一诗就体现了这样的思想高度。那时杜甫定居在成都，暂时远离战火，虽然人在西蜀，却心系李唐王朝。'未有涓埃答圣朝'，我年老多病，对朝廷毫无贡献，这种自责更加彰显了杜甫强烈的爱国情感。"

"诗圣是圣人。"空空突然冒出一句。

"圣人仁爱，凡人自爱。"禅师摸着空空的头，"雨停了，我们走吧，去万佛楼。"三人启程，身后茶馆房檐的瓦尖还在滴水，脚边的花草上挂着晶莹透亮的雨珠，整个天空清朗明澈，一尘不染。

〔家国情怀名句〕

惟将迟暮供多病，未有涓埃答圣朝。
跨马出郊时极目，不堪人事日萧条。

〔朗诵指数〕

4.7

跨马出郊时极目,不堪人事日萧条。

第一站 四川成都 / 7

登楼

[诗词心能量]

  雨后的草堂焕然一新,空气中弥漫着甜润的气息,草叶水灵灵的,绿得发亮,泥土散发出淡淡的清香,令人心旷神怡。禅师一行三人来到了草堂东面楠木林中的万佛楼。

  这是一座古香古色的四层六角楼,二楼牌匾写着"万佛楼",左右牌匾分别写着"上善之缘""心生万福",分外显眼。

  站在四楼廊道里,草堂全貌一览无余。

  "晓看红湿处,花重锦官城。"空空脱口而出。

  "此句应景!"禅师赞叹道。

  "近朱者赤,近墨者黑。这次跟着两位老师来一趟'诗词'游历,总要有所进步。"空空一反常态,突然谦虚起来。

  "杜甫有一首非常有名的诗叫《登高》,会背诵吗?"禅师转身朝向空空。

  "我试一下吧。"空空凝神片刻,声情并茂地朗诵起来:

  风急天高猿啸哀,渚清沙白鸟飞回。

无边落木萧萧下，不尽长江滚滚来。
万里悲秋常作客，百年多病独登台。
艰难苦恨繁霜鬓，潦倒新停浊酒杯。

"好！感情十分到位！这首诗描写的是登万佛楼吗？"禅师问。

"这个……我求助！"空空望向本本。

"《登高》创作于大历二年（767）秋天，当时杜甫已经离开成都到了夔州，那年的重阳节，他登上了白帝城外的高台。"本本答。

"嗯。"禅师满意地点点头，"杜甫还有一首诗叫《登楼》，你们读过吗？"

"没有。"空空摇摇头。

"我背诵过这首诗。"本本说，"《登楼》创作于广德二年（764）春天，杜甫第二次入蜀，安史之乱虽然已经平定，但由于吐蕃入侵、宦官专政、藩镇割据，国家仍然八方风雨、民不聊生。杜甫登楼远望，愁思满腹，写下了这首爱国诗篇。"本本闭目思考片刻，睁眼吟诵起来：

登楼

〔唐〕杜甫

花近高楼伤客心，万方多难此登临。
锦江春色来天地，玉垒浮云变古今。
北极朝廷终不改，西山寇盗莫相侵。
可怜后主还祠庙，日暮聊为《梁甫吟》。

"越是认真品读这首诗,越能感受到杜甫的伟大。登楼观景,繁花争艳,山河大地春意盎然,人们往往心怀喜悦。而杜甫不这样,美景在前,他想到的是祖国危机四伏,老百姓背井离乡,苦难重重,不禁愁上心头。他希望自己拥有诸葛亮那样的才能,辅佐明君,使国家由衰转盛,重返太平景象,人民安居乐业,外族不敢入侵。到那时候,锦江春色会更美,远处玉垒山也将白云缭绕,胜似仙境。"

"杜甫真了不起!"空空听得入神,发自内心钦佩杜甫。

"讲得很好!再给我们背诵杜甫的《登岳阳楼》?"禅师诗兴大发。

"好的。"本本挺直腰板,吟诵道:

> 昔闻洞庭水,今上岳阳楼。
> 吴楚东南坼,乾坤日夜浮。
> 亲朋无一字,老病有孤舟。
> 戎马关山北,凭轩涕泗流。

"不错。你们再细品《登岳阳楼》最后两联的大意:亲人朋友毫无音讯,我身患重病漂泊在洞庭湖上,以一叶孤舟为家。想到北方战争依然没有停止,人民还在受难,我的泪水就止不住地往下流。本本,空空,你们要向杜甫学习,无论漂泊于何处,处境有多苦,都心念着国家安危。"禅师看着两位学生,目光坚定,透出对他们的期许。

"太感人了,我几乎热泪盈眶了!"空空哽咽,他情感丰富,很能理解杜甫的爱国之心。看着禅师坚定的眼神,再看看周围宁静怡人的一花一叶一草一木,空空愈发觉得自己应当心系家国。

〔家国情怀名句〕

花近高楼伤客心,万方多难此登临。

北极朝廷终不改,西山寇盗莫相侵。

〔朗诵指数〕

4.8

花近高楼伤客心,万方多难此登临。

杜工部蜀中离席

[诗词心能量]

"杜甫去世五十年后,他有一个'超级粉丝',你们知道吗?"禅师问。

"杜牧?"空空不太确定。

"是李商隐。"本本答道。

"嗯?"禅师笑着望向本本。

"王安石曾指出,唐朝人学习杜甫而真正得到杜诗神韵的就只有李商隐一人而已。李商隐在梓州担任柳仲郢幕僚期间,曾到成都处理事务,在一次宴会中,他模仿杜甫风格作了一首七言律诗,字字恰似从杜甫心坎里流露出来,令后人赞叹不已。"

"啊?听说有模仿画画,没听说模仿作诗。本本哥哥,快说说是哪一首诗?"空空是个急性子。

"诗名叫《杜工部蜀中离席》,'杜工部'即杜甫,直接表明模仿杜诗的创作风格。这首诗深得杜诗沉郁顿挫之精髓,感慨深沉,我很喜欢!"本本停顿了一下,高声朗诵起来:

杜工部蜀中离席

〔唐〕李商隐

人生何处不离群,世路干戈惜暂分。
雪岭未归天外使,松州犹驻殿前军。
座中醉客延醒客,江上晴云杂雨云。
美酒成都堪送老,当垆仍是卓文君。

"这首诗的大意是:人生充满悲欢离合,在乱世中离别更是家常便饭。如今外族在西北边境虎视眈眈,天朝使者至今羁留在雪岭未归,皇帝禁军一直驻守着松州,硝烟渐起,战争一触即发。成都酒楼里一群人在喝酒饯别,江面上空晴云夹杂着乌云,一派风雨欲来之势。宴会上觥筹交错,人声嘈杂,喝醉的人拉着没醉的人,叫嚷着继续干杯,仿佛战事与他们无关。在这些人眼里,在太平繁盛的成都享乐醉倒,在清香四溢的酒肆中安度晚年,最是怡然自得,更何况当垆卖酒的女孩是像卓文君那样的美女呢!"本本发挥想象力,细致地解释。

"这些人简直醉生梦死!"空空有些愤慨。

"禅师,请您指正。"本本对着禅师双手合十。

禅师抬眼看着远处的江景,沉思片刻,说道:"李商隐写这首《杜工部蜀中离席》,实际上另有所指。诗中借'江上晴云杂雨云'暗指时势动荡不安、变幻莫测,隐含着他关心国事、忧虑时局的爱国之情;'醉客'指的是那些浑浑噩噩、对国家政事漠不关心的庸碌之辈;'醒客'则暗喻自己'举世皆浊而我独清,众人皆醉而我独醒'。诗句'美酒成都堪送老,当垆仍是卓文君'借用了'文君当垆'的典故,看似向往美好生活,实际上暗指时事堪悲,醉客却沉迷酒色,放纵欢娱,实在令人不齿。"

"这是诗中有诗啊!"空空有所领悟,"看来李商隐不仅仅在模仿杜甫诗歌创作上学有所成,连忧国忧民这一点也和杜甫如出一辙,敬佩!"

"永忆江湖归白发,欲回天地入扁舟。"本本不由自主地吟诵了一句。水天相接,万里无云,一切都那么远阔,就像李商隐高远的抱负和阔大的境界,就像诗中的凌云壮志。

〔家国情怀名句〕

座中醉客延醒客,江上晴云杂雨云。

〔朗诵指数〕

4.9

座中醉客延醒客,江上晴云杂雨云。

第二站　重庆奉节

白帝

[诗词心能量]

从重庆朝天门码头坐船,沿长江顺流而下,大约六个小时的行程,禅师一行三人抵达奉节。

"杜甫在大历元年(766)暮春抵达夔州(今重庆奉节)。"熟悉杜甫年谱的本本对空空说。

第二天清早,禅师、本本和空空沿着白帝山石路拾级而上,到了白帝城山门。举目远眺,峰峦苍翠如泼墨长卷,山间云雾缭绕,绿树郁郁葱葱,让人仿佛置身于画中。

"朝辞白帝彩云间,千里江陵一日还。"空空对着江边诵起诗来。

"咱们休息片刻,等会儿去白帝庙和夔门。"禅师说。

三人在山门侧边的石凳坐下。"本本哥哥,可以说说杜甫在夔州的生活吗?"空空给本本递上一个带叶的奉节脐橙。

"杜甫离开夔州的时间是大历三年(768)正月中旬,他在夔州生活了将近两年。在夔州,杜甫受夔州都督柏茂琳关照,为公家代管公田,自己也租了一些公田,还购买了四十多亩果园，过着衣食无忧的生活。在夔州寓居的日子，是杜甫晚年最舒适的时光，极大地激发了他的创作灵感。在这里，杜甫写下近五百首诗歌，达到创作巅峰。杜甫很多名诗如《白帝》《秋兴八首》《阁夜》《愁》《登高》《又呈吴郎》《夜归》，均是在夔州所写。如今，奉节被称为'中华诗城'，固然得益于陈子昂、李白、白居易、刘禹锡、苏轼、陆游等诗人，他们都留下了很多优美的诗篇，但最大功劳当属诗圣杜甫。"本本一边剥开橙子送到嘴里，一边娓娓道来。

"本本哥哥，我在船上玩游戏的时候，你是不是在看《杜甫诗选》？真让人崇拜啊！"空空忍不住说道。

"别人比你聪明不可怕，可怕的是聪明人比你还努力！"禅师笑着对空空说，"会背《白帝》么？"

"啊，本本哥哥，你来背吧。"空空有点不好意思地看着本本，合起手作央求状。

"遵命。"本本透过青瓦红墙，看着两岸青山间的万里绿波，他放下手中的脐橙，站立起来，高声吟诵：

白帝

〔唐〕杜甫

白帝城中云出门，白帝城下雨翻盆。
高江急峡雷霆斗，古木苍藤日月昏。
戎马不如归马逸，千家今有百家存。
哀哀寡妇诛求尽，恸哭秋原何处村？

"杜甫站在白帝城上，望着城下百姓如哀鸿，心里悲戚万分,写下此诗。诗中呈现出一派苍凉的景象:白帝城中,乌云密布涌出城门,白帝城下,倾盆大雨从天而降。峡江急流翻涌怒吼,如同雷霆震动,古木苍藤黯淡无光,天地一片昏暗。战马不像归耕的牧马那样清闲安逸,连年战乱使得原有的千户人家如今仅存百家。官府剥削无度,赋税沉重,孤苦无依的寡妇已无所剩,生活凄凉悲哀。秋天的原野上,尽是哀号声,是哪个村庄传来的?"本本感受到了禅师鼓励的眼神,继续说,"《白帝》通过描写战争给人民带来的巨大灾难,体现了杜甫忧国忧民的伟大情怀和深沉的社会关怀。安史之乱使得士兵和百姓死伤无数,荒村里十室九空;官府横征暴敛以致民不聊生,处处萧条凋敝……这一切,让杜甫忧心忡忡,但又无能为力,只得哀叹'不眠忧战伐,无力正乾坤'。"

"受教受教!"空空对着本本合十作揖。

远处苍翠遍野,在一片肃穆中偶尔能听到水波跃动的声响,那声响仿佛载着前人的忧愁在白帝城缓缓漾开,也将后人的哀思传至远方。

〔家国情怀名句〕

戎马不如归马逸,千家今有百家存。
哀哀寡妇诛求尽,恸哭秋原何处村?

〔朗诵指数〕

4.8

戎马不如归马逸，千家今有百家存。

愁

[诗词心能量]

从白帝庙下坡步行不久便到了夔门。

长江似一泓碧水在两岸青山间缓缓流淌,蓝天白云仿佛浸在水中逶迤向前,静谧中透着一丝灵动。不远处传来阵阵鸟鸣,伴着潺潺倾诉的流水声,交织成一曲美妙的乐章。三人被眼前的美景吸引住了。

"哇,我终于亲眼见到十元人民币背面的图案啦!"空空欣喜若狂。

"瞿塘峡口曲江头,万里风烟接素秋。"禅师随口吟诵。

"这是杜甫诗《秋兴》里的诗句。"空空附和道。

"为什么人们总爱说杜甫一生愁呢?"禅师问。

"因为杜甫命运多舛啊!他一生仕途不顺、穷困潦倒,常常为生计发愁,小儿子竟然活活饿死了,好悲惨!"空空发自内心觉得可怜。

"我觉得杜甫一生之愁涉及两个方面,一方面如空空所说,杜甫生活贫穷,不得不为生计发愁;另一方面,他更是为国家发愁!杜甫深受家庭教育影响,自小有报国之志,以安邦定国为己任,生活苦难令杜甫更能深刻体会到人民疾苦。国家动荡,风雨飘摇,他多么希望能有机会辅佐君王,报效国家,用自己的才能改变这一切,但始终报国无门,'白蘋愁杀白头翁',怀着这颗忧国忧民之心,怎能不愁啊!"本本动情地说。

"嗯,有道理!"空空连连点头。

"杜甫有一首诗,诗名叫《愁》,创作于大历二年(767)春天,当时他在夔州。"本本吟诵道:

愁

〔唐〕杜甫

江草日日唤愁生,巫峡泠泠非世情。
盘涡鹭浴底心性,独树花发自分明。
十年戎马暗万国,异域宾客老孤城。
渭水秦山得见否?人今罢病虎纵横。

"又长知识啦。"空空朝本本扬扬眉头,"最爱听本本哥哥讲故事了。"

"这首诗的大意是:江边野草天天顽强生长,巫峡江水无情地向东流淌,鹭鸶在急遽的漩涡里自在沐浴,老树上的花朵开得分外鲜艳,这一切都只是徒增我内心的愁苦。安史之乱距今已有十年,天下依然一片惨淡,百废待兴。苛政猛于虎,百姓漂泊流浪,度日艰难。我年纪越来越大,体弱多病,不知何时才能回到长安。"本本愈说愈动容。

"说得好!"禅师拍了拍本本的肩膀,"我突然想到欧阳修《黄溪夜泊》里的诗句：'楚人自古登临恨，暂到愁肠已九回。万树苍烟三峡暗，满川明月一猿哀。'"

"这首诗的意境太好了！把'楚人自古'四字改为'杜甫每每'怎么样？杜甫每每登临恨，暂到愁肠已九回。"空空调皮地扮了一个鬼脸，内心却自足于对杜甫家国情怀的独到领悟。

〔家国情怀名句〕

十年戎马暗万国，异域宾客老孤城。

〔朗诵指数〕

4.8

十年戎马暗万国，异域宾客老孤城。

蚕谷行

〔诗词心能量〕

夕阳在晚霞的怀抱里渐渐下落,明艳的天空镶嵌着一缕缕五彩斑斓的余晖,倒映在江波涟漪中,分外好看。禅师、本本、空空诗兴盎然,不舍离去。

"杜甫具有强烈的忧患意识,后人谈起杜诗,常说杜甫一生愁。愁,恰好是杜甫仁爱精神的体现;愁,恰好是杜甫慈悲心的流露。"禅师面向本本和空空说。

"杜甫青年时期曾醉心于道教,对仙丹和仙界颇有兴趣,亦曾和李白结伴去寻找道士。成年后由于累遭挫折,生活苦闷,也时常在佛教中寻找心灵慰藉。观其一生,儒家思想对杜甫影响至大,他一生都在践行儒家建功立业、爱国爱民的思想。李白常以大鹏自比,而杜甫常以儒家祥瑞物凤凰自比,他在《壮游》诗中写道:'七龄思即壮,开口咏凤凰。'杜甫尽管一生悲苦,却从未放弃自己的理想与人格。在生活层面上,杜甫常年处于饥寒交迫、穷困潦倒当中,饱经病痛折磨。与贫乏的物质生活相反,杜甫的精神世界是丰盈的,他对祖国充满爱,对天下百姓充满爱,自始至终,他都盼望大唐重返盛世景象,百姓安居乐业。大历四年(769),也就是杜甫去世的前一年,他写下《蚕谷行》这首寄托了人生理想的壮丽诗篇。"

"这首我背过!"空空忍不住插话。

"来吧,你的专属表演时间。"禅师笑了笑。

"好!我开始啦!"空空吟诵起来:

蚕谷行

〔唐〕杜甫

天下郡国向万城,无有一城无甲兵。

焉得铸甲作农器,一寸荒田牛得耕?

牛尽耕,蚕亦成。

不劳烈士泪滂沱,男谷女丝行复歌。

"禅师,我来试试解读一下这首诗?"空空问道。

"好啊!期待!"禅师回答。

"普天之下有千万座城池,每一座城池都有铠甲和兵器,而锻造这些武器几乎耗尽了农夫家里所有的铁具。没有铁犁和铁耙用于耕种,田地就会渐渐荒芜。如果把兵器重新打造成农具,就能让每一寸土地都得到耕种,家家户户男耕女织,人们在劳作中愉快地歌唱。目睹农家一片欢乐景象,那些忠烈的爱国志士又怎么会伤心痛苦呢?"

"说得好!"本本由衷赞叹。

"多读杜甫诗歌,细细品味他崇高的人格追求,让杜诗里的家国情怀像'润物细无声'的春雨那样沁入心扉。"禅师语重心长地对本本和空空说。

暮色四合，月色如练，天地万物已悄然睡下，本本和空空的内心却有一些地方醒了过来。

〔家国情怀名句〕

不劳烈士泪滂沱，男谷女丝行复歌。

〔朗诵指数〕

4.8

不劳烈士泪滂沱，男谷女丝行复歌。

第三站　湖北岑河

走马川行奉送出师西征

〖诗词心能量〗

夏日的一个上午,晴空湛蓝,云朵慢悠悠地飘着,几只蝴蝶在路边野花丛中来回漫舞。禅师、本本和空空早早来到了荆州市沙市区岑河镇,这座千年古镇是唐朝著名边塞诗人岑参的故里。

一行三人直接去了秋收农庄,老远就看到一尊铜像矗立在岑参纪念馆大门广场正中央。走到铜像跟前细看,岑参身着典型的唐朝文人服饰,峨冠博带,意气激昂,右手紧握诗卷,左手挥指天空,眼睛顺着左手方向注视远方,仿佛在眺望长安。

"他的胡子好好看。"空空打趣道。

"岑参家族在唐朝出了三位宰相,家世显赫,可惜岑参出生时,家道已经中落。"本本边走边说。

"哇!原来是名门之后啊!"空空惊叹道,"咱们赶紧进馆参观。"

纪念馆不大,展厅挂图详尽介绍了岑参的生平,还有以其诗歌为题材的名人书法作品。

"本本哥哥,我喜欢这首《走马川行奉送出师西征》。"空空环顾四周,展厅只有他们三人,便高声朗诵起来:

走马川行奉送出师西征
〔唐〕岑参

君不见走马川行雪海边,平沙莽莽黄入天。
轮台九月风夜吼,一川碎石大如斗,随风满地石乱走。
匈奴草黄马正肥,金山西见烟尘飞,汉家大将西出师。
将军金甲夜不脱,半夜军行戈相拨,风头如刀面如割。
马毛带雪汗气蒸,五花连钱旋作冰,幕中草檄砚水凝。
虏骑闻之应胆慑,料知短兵不敢接,车师西门伫献捷。

"朗诵激情澎湃,铿锵有力,契合诗意。"本本竖起大拇指夸赞。

"这首诗非常豪壮,朗诵后感觉身上有一股浩然正气。"空空挺起胸脯,"哈哈,本本哥哥,我朗诵完毕,轮到你来给我们讲讲这首诗的故事了!"

"那我先分享这首诗的写作背景。"本本愉快接话,"岑参年幼丧父,跟随兄长苦读,自小立志入仕获取朝廷高位,重振岑家家业。二十岁那年,他来到长安向唐玄宗进献文章,得不到天子重视,岑参献书拜官的愿望落空了。天宝三年(744),年近三十的岑参考取了进士,三年后授职兵曹参军,官职卑微,难以振兴家业。天宝八年(749),约三十三岁的岑参应安西节度使高仙芝邀请,到安西幕府(今新疆库车)任职。天宝十年(751)夏天,他返回长安,这是岑参第一次出塞。天宝十三年(754)夏末,岑参收到曾为同僚,已升任安西、北庭节度使封常清的邀请,担任安西、北庭节度判官。与第一次出塞相比,岑参第二次出塞的情绪开朗昂扬,他这时期的诗歌较少表现边地荒凉,而是更多地在写景中寄寓豪情壮志,表达热爱祖国、热爱边疆的深厚感情,这首《走马川行奉送出师西征》便是岑参第二次出塞的代表作之一。"

"本本哥哥,你的记忆力怎么这么好呀!"空空一脸羡慕。

"不敢当。"本本谦逊一笑,"我试着讲一下诗词小故事:外族匈奴一直对边境虎视眈眈,初秋时节,匈奴人趁草黄马肥时侵犯边境,而唐军早已得悉敌人要进攻。这天晚上,在淡淡月光下,封常清将军骑着高大的骏马,带着精锐部队连夜出发抗敌,军队经过河水干涸的走马川,河床乱石堆积,随着狂风四处滚动。大漠里风沙漫卷,战士们毫无所惧,始终保持着整齐队形,迎着凛冽寒风快速前进。战马奔驰不息,马匹的汗水在马毛上结成一道白霜,战士们斗志激昂,手上的兵器相互碰撞叮当作响。匈奴人没想到唐军早有准备,封将军这支训练有素、纪律严明、装备精良的队伍让入侵者闻风丧胆,不敢正面交战,连忙掉头退军,相信捷报很快就会传来!"

"威武之师,赞!"空空肃然起敬。

"禅师,请您指点。"本本双手合十。

"本本诗词量很大,也熟悉诗人生平,真是下苦功了!"禅师笑呵呵地对本本和空空说,"这是岑参为封将军出兵西征而创作的送行诗,歌颂了唐军将士在保卫家国的战斗中不畏艰难、挺身赴敌的英雄气概和爱国精神,自古以来一直激励着无数爱国志士。岑诗浪漫奔放、格调高昂、气势磅礴，常常将爱国报国之志、豁达豪迈之情、边塞风光之景融合在一起，具有独特的艺术魅力。青少年从小多读岑参的边塞诗，能够培养慷慨报国的英雄气概和不畏艰苦的乐观精神。"

"真喜欢这样的诗词游历，大开眼界！"空空对着禅师作揖。

〔家国情怀名句〕

匈奴草黄马正肥，金山西见烟尘飞，汉家大将西出师。
将军金甲夜不脱，半夜军行戈相拨，风头如刀面如割。

〔朗诵指数〕

4.9

匈奴草黄马正肥，金山西见烟尘飞，汉家大将西出师。

第四站　湖南岳阳

渔家傲·秋思

〔诗词心能量〕

"昔闻洞庭水,今上岳阳楼。"站在岳阳楼三楼廊道上,看着水天一色的洞庭湖,本本忍不住吟诵起来。

"终于游历到驰名天下的岳阳楼啦。"空空兴奋地说。

"'江南三大名楼'因为哪些诗人的佳作而名垂千古?"禅师笑着问空空。

"黄鹤楼因李白的《黄鹤楼送孟浩然之广陵》而闻名,滕王阁因王勃的《滕王阁序》而盛名,岳阳楼因范仲淹的《岳阳楼记》而流芳百世。"空空信心满满。

"你可以把《岳阳楼记》完整背诵下来么?"禅师有意考考空空。

"不能,我只记住了其中四句,'居庙堂之高则忧其民,处江湖之远则忧其君……先天下之忧而忧,后天下之乐而乐'。"空空有点不好意思地低下头。

"本本,关于范仲淹诗词,有哪些跟我们分享?"禅师望向站立在右边的本本。

"范仲淹散文之中,以《岳阳楼记》为第一,他的词只

有六首传世,其中以《渔家傲》最为脍炙人口。"本本抬头挺胸,开始吟诵:

渔家傲·秋思
〔北宋〕范仲淹

塞下秋来风景异,衡阳雁去无留意。四面边声连角起,千嶂里,长烟落日孤城闭。

浊酒一杯家万里,燕然未勒归无计。羌管悠悠霜满地,人不寐,将军白发征夫泪。

"这首词主要讲述北宋官兵为抵御西夏入侵而驻守边疆的故事。词的大意是:秋天到了,西北边塞风光苍凉而壮阔,成群大雁飞回衡阳,没有半点留恋之意。黄昏时分,四面八方响起的马啸声、号角声、羌笛声,都纷繁交织在风声里。夕阳西下,绵延起伏的山峦中青烟升起,城门紧闭,显得清冷孤寂。我饮下一杯浊酒,思念万里之外的家乡,如今战乱未平,我功名未立,归期遥遥啊。夜深了,将士们没有睡意,听着远处轻悠的羌笛声,看着霜满大地,将军头上青丝已变白发,战士也默默流下热泪。

"《渔家傲·秋思》反映了艰苦的边塞生活,抒发了范仲淹抵御外侵、报国立功的壮烈情怀。在范仲淹之前,很少有人用词这种新的诗体形式来描写边塞生活,《渔家傲·秋思》开创了边塞词的先河,其内容和风格对宋代豪放词和爱国词产生了深远的影响,为词世界开辟了崭新的审美境界。"本本双手合十,"班门弄斧了,请禅师为我们解读范仲淹。"

"我给你们讲两个旧时老课本里范仲淹的小故事。"禅师眼光依次掠过本本和空空,"第一个故事关于苦学:'范仲淹年少时,读书僧舍。每日不再举火,断齑画粥,以供朝夕。勤读不辍,终成大儒。'这段话大意是:范仲淹年少时候,在僧人住的地方读书。每天只生火做一次饭,小菜、清粥都划成几块,早晚定量来吃。这样持之以恒地苦读,他最终成为大学者。"

"太励志了!"空空由衷佩服。

"第二个故事关于恤宗族:'仲淹尝于苏州近郭,买良田数千亩,立义庄。择族中贤而长者,主出纳。凡族中之贫者,人日食米一升。岁衣缣一匹。嫁娶丧葬,皆有资给。'这段话大意是:范仲淹曾在苏州近郊购买数千亩良田,创办田庄赡济族人。他从族人中挑选出德高望重的老人来管理钱粮出纳。族人中凡是贫困的,每人每天给一升大米,每年分一匹绢;如果遇到婚事或丧事,都会给予补助。"

"大善人!"空空深受感动。

禅师摸摸空空的头,继续说:"范仲淹一生满怀报国之志,刚正不阿,敢于直言,以匡扶国家社稷为己任,赢得了后人尊重。欧阳修评价他'公少有大志,每以天下为己任',王安石赞美他'一世之师,由初起终,名节无疵'。此外,范仲淹严以律己、崇尚品德,十分重视家风建设,《范文正公家训百字铭》流传至今,值得每一个家庭学习:

孝道当竭力,忠勇表丹诚;兄弟互相助,慈悲无过境。
勤读圣贤书,尊师如重亲;礼义勿疏狂,逊让敦睦邻。

敬长与怀幼，怜恤孤寡贫；谦恭尚廉洁，绝戒骄傲情。
字纸莫乱废，须报五谷恩；作事循天理，博爱惜生灵。
处世行八德，修身率祖神；儿孙坚心守，成家种善根。

家训大意是：孝顺长辈当竭尽全力，忠诚勇敢并怀有赤诚之心；兄弟姐妹要互相帮助，为人慈悲永无止境。勤奋苦读圣贤书，像敬重父母一样尊敬师长；懂礼仪知仁义，切勿疏忽轻狂，做人要谦逊忍让，邻里应和睦相处。尊敬长辈，关怀幼小，体恤鳏寡孤独和贫苦之人；为人谦虚，对人恭敬，清正廉洁，戒骄戒躁，不狂妄自大。勤俭持家，珍惜粮食，常怀感恩之心；做事顺应天理，积极帮助他人，对众生要有怜悯之心。以上述八项家训为处世准则，注重修身，祖祖辈辈要上行下效；后世谨记前人教诲：'积善之家，必有余庆。'"

"今天重新认识了范仲淹，他是一位真正的大贤，值得我们学习。"空空感叹道。

太阳升起了，湖面波光粼粼，宛如光滑的丝绸上被撒下点点碎金。三人不再讲话，融入岳阳楼和洞庭湖组成的壮阔画面中。

〔家国情怀名句〕

浊酒一杯家万里，燕然未勒归无计。

〔朗诵指数〕

5.0

浊酒一杯家万里,燕然未勒归无计。

第五站　湖南汨罗

国殇

[诗词心能量]

　　乌云渐渐退去，淡淡的天空透出一丝微光，随后变得澄净明亮起来。禅师、本本和空空见天气好转，便即刻启程，不久便来到了诗词游历的第五站：汨罗市屈原纪念馆。

　　一行三人来到离骚阁正前方地坪中心的天问坛，只见屈原昂首问天的塑像耸立在坛中央，基座高两米，雕像高三米八。屈原双手掌心朝上，右手横放在胸前，左手贴腰，举头仰望天空，形态庄严，似乎在向上苍发问。

　　"你们猜屈原在问什么？"禅师笑着问。

　　"问何时回到楚王身边？"空空挠挠头。

　　"屈原是问'何恶辅弼，谗谄是服'。"本本答道。

　　"看得出来，本本读过《天问》。"禅师向本本投去赞赏的眼神。

　　"本本哥哥，你说的这句话是什么意思？"空空问。

　　"为何厌恶忠臣，而听任小人谗谄？"本本答。

　　"这句问得好！"空空刚看过《小学生励志必读名人传记：屈原传》，表示赞同。

　　"每人说一句屈原名言？"禅师注视着眼前两位小友。

"我来。"空空抢先回答,"路漫漫其修远兮,吾将上下而求索。"

"举世皆浊我独清,众人皆醉我独醒。"本本答。

"嗯,真不错!"禅师对着本本和空空竖起大拇指。

进入屈子祠,首先映入眼帘的是正厅照壁上方匾额"光争日月"。

"司马迁非常敬重屈原的高尚志气,称屈原'不获世之滋垢,嚼然泥而不滓者也。推此志也,虽与日月争光可也','光争日月'来源于此。"禅师指着照壁中央的《史记·屈原贾生列传》木雕屏,转头对空空说,"《屈原贾生列传》真实记录了屈原的生平经历,有空多看看,看得多了,自然会有收获。"

空空点点头。

禅师一行三人依次参观了屈子祠、楚园、屈原碑林,不知不觉到达了山顶。

"禅师,前面有'独醒亭'和'招屈亭',还有望江台。"空空眼尖,忍不住叫喊起来。

"一江清流水,万古独醒人。"三人在独醒亭坐下后,空空念出跟前牌匾上的字,"本本哥哥,这副对联跟你刚才说的诗句很贴切。"

本本笑了笑,对空空双手合十。

"禅师,屈原为什么要在汨罗江投河自杀呢?"空空疑惑,"活着多好!"

"因为屈原独醒呀。"本本打趣道。

禅师忍不住笑起来,稍作思考后说:"千百年来,人们一直都在思考这个问题:楚王并没有下令让屈原殉国,为何他选择投江自尽？也许就像本本说的那样，因为他独醒。屈原投江自尽绝不是意气用事，而是舍生取义，舍弃了小我，成就了大我；舍弃了肉体，成就了精神。屈原通过死亡让自己得到了永生。"

"有点深奥，不太明白。"空空脑袋一下子转不过来。

禅师看了空空一眼，接着说："屈原自幼和楚怀王感情深厚，早期楚怀王非常信任屈原，即位不久便任命屈原为左徒，让屈原进入楚国政治核心圈，对他言听计从。得宠的屈原受到同僚嫉妒，在屈原政治改革中利益受损的楚国旧贵族亦视屈原为眼中钉，他们在楚怀王面前诬告、陷害屈原。昏庸的楚怀王竟信以为真，开始疏远屈原。屈原二十八岁那年，被楚怀王流放到汉北地区！"

"可恶！楚怀王为何不信任自己儿时的玩伴呢？"空空恨恨地说。

"主要还是因为上官大夫挑拨离间，他对楚怀王说'如今楚国及其他诸侯，都只知道楚国有屈原，不知道有楚怀王'，这句话让楚怀王上心了。"见本本和空空都听得聚精会神，禅师停顿片刻，叹了口气，继续说，"一心为楚王分忧、让楚国强大的屈原受到楚王冷落，且流放时间长达二十多年，他的苦，他的悲，又有谁能理解呢？"

"屈原为什么不像张仪、苏秦那样，离开自己的国土到其他国家去？以他的才华，一定会受到其他国君重用啊！"空空替屈原感到委屈。

"因为他深爱他的国家和人民，他也曾想过离开，但当他看到受苦受难的楚国人民时，便不忍离去了。"禅师说。

"噢！悲壮！"空空感叹道。

禅师转身望向本本："你能背诵屈原的《国殇》吗？"

"我试试。"本本站起来，挺直腰板，看到亭子周围没有其他游客，便高声吟诵起来：

国殇
〔先秦〕屈原

操吴戈兮被犀甲，车错毂兮短兵接。
旌蔽日兮敌若云，矢交坠兮士争先。
凌余阵兮躐余行，左骖殪兮右刃伤。
霾两轮兮絷四马，援玉枹兮击鸣鼓。
天时怼兮威灵怒，严杀尽兮弃原野。
出不入兮往不反，平原忽兮路超远。
带长剑兮挟秦弓，首身离兮心不惩。
诚既勇兮又以武，终刚强兮不可凌。
身既死兮神以灵，子魂魄兮为鬼雄！

"本本哥哥，给我讲诗词故事。"空空朝本本抱拳。

"此诗大意是：秦国举兵入侵，战马奔腾，尘土飞扬，气势汹汹。楚军将士身披犀牛皮制成的铠甲，手持吴国制造的戈矛，奋不顾身向前迎敌。双军战车交错，彼此短兵相接，刀光剑影，杀气冲天。战场上飞箭如雨，纷纷坠落在阵地上。楚军战阵中冲出一辆主战车，左侧的骖马已中箭倒毙，右侧的骖马被兵刃所伤，但楚军统帅面无惧色，他埋轮缚马，坚守不退，举槌擂响进军的战鼓，只见战士们前仆后继，士气愈发高涨。敌众我寡，楚军将士在严酷厮杀中全部牺牲了，他们虽身首异处，但手中依然紧握武器，保持着战斗雄姿。战场上横尸遍野，鲜血染红了楚国大地。楚国将士虽已身亡，但他们誓死保家卫国的精神永不死，他们的魂魄是鬼中豪杰！"

"好一幅壮烈的战斗画卷！"空空饱受震撼。

"屈原及其《国殇》对后世仁人志士产生了深远影响，每当民族危机深重的时候，《国殇》就成为一首高昂的战歌，屈原就成为一面鲜艳的战旗！"禅师激动地说。

"禅师，我有点明白屈原的'以死为生'了。"空空若有所思。禅师站起来，望着云端那一抹淡蓝，嘴里念着："与天地兮同寿，与日月兮同光。"

〔家国情怀名句〕

诚既勇兮又以武，终刚强兮不可凌。
身既死兮神以灵，子魂魄兮为鬼雄！

〔朗诵指数〕

4.8

身既死兮神以灵，子魂魄兮为鬼雄！

第六站 广东蕉岭

春愁

[诗词心能量]

这天,晴空万里,阳光和暖,微风像音符一样缓缓流动在空气中,一股独有的清爽沁人心脾,陶情适性。禅师一行三人来到诗词游历的第六站:广东蕉岭县文福镇逢甲村。

站在丘逢甲故居前面,只见正门上方题字"培远堂",两侧楹联为"培栽后进,远继先芬",一位妈妈正带着两个孩子端详着门联。

"这个正门题字好有文化啊!"空空发出感叹。

"丘逢甲年少时在台湾被称为神童,六岁能诗,七岁能文,十二岁熟读四书五经,十四岁参加童子试(参加科考的资格考试)得台湾第一名,你说有没有文化?"禅师笑着对空空说。

"我给你们讲一下丘逢甲名字的来由吧。"禅师伸出左手抚摸空空脑袋,"丘逢甲父亲丘龙章是乡村私塾老师,是一位忠心爱国的读书人。丘逢甲出生那年恰逢甲子年,收复台湾的民族英雄郑成功也是甲子年出生,于是丘龙章为儿子取名丘逢甲,一心期望他将来能'科甲及第',光耀门楣。"

"哈哈，有趣。"空空不禁笑起来。

"丘逢甲自幼受父亲悉心栽培，在他出生七个月后，丘龙章抱着他指着祠堂大门上的字说：'门右边是孝字，左边是悌字，逢甲呀，长大后要做一个孝顺友悌的人。'"

"天哪！我回家也要问问爸爸妈妈在我七个月大的时候他们给我讲什么了。"空空暗自嘀咕。

"值得称道的是，丘龙章不忘对丘逢甲进行爱国教育，他常对丘逢甲说：'中国近年来日益衰微，很大程度上是因为国人不团结，一个人眼中只有自己是不行的，每个人眼里最重要的应该是整个民族，整个国家，而非个人。'这些话深深地刻印在丘逢甲小小的心灵当中。此外，丘逢甲二世祖丘创兆是文天祥幕僚参军，丘创兆妻子是岳飞曾孙女，在爱国先祖家传影响下，丘逢甲自小就崇拜岳飞、文天祥、郑成功等英雄，立志安邦报国。"

"丘逢甲后来做大官了吗？"空空问。

"恰恰相反，丘逢甲一生不曾为官。"禅师答道。

"这……"空空满脸疑惑。

"光绪十五年（1889）春，丘逢甲赴京参加殿试考中进士，但他目睹清廷黑暗腐败，不愿与贪官污吏同流合污，毅然辞官回乡办学。"

"有个性！"空空惊叹。

禅师看了空空一眼，继续说道："丘逢甲办学可不是一时冲动。自鸦片战争以来，台湾由于其特殊的战略地理位置，一直受西方列强觊觎和侵犯，如何保家护国一直在丘逢甲心中萦绕。他认为'欲强中国，必须兴起人才为先；欲兴起人才，必以广开学堂为本'，故而投身于教育事业，培育民智。"

"教育强国!"空空竖起大拇指。

"光绪二十年(1894),甲午战争爆发,丘逢甲预见台湾危难,毅然投笔从戎,以'抗倭守土'为号召创办义军,带头变卖家产充当军费,并担任全台义军首领。第二年,李鸿章代表清廷签订了辱国的《马关条约》,台湾被割让给日本。消息传来,台湾人民义愤填膺,痛哭流泪。丘逢甲悲愤至极,在国内外发表讨日宣言'愿人人战死而失台,决不愿拱手而让台',率领义军与日寇浴血奋战,打了大大小小一百多场仗,沉重打击了日本侵略者。但由于敌我力量悬殊,义军孤立无援,弹尽粮绝,死伤惨重,气壮山河的保台抗争以失败告终。丘逢甲曾打算据山死守,与台湾共存亡,统领谢道隆劝说:'台虽亡,能强祖国则可复土雪耻,不如内渡。'丘逢甲于是挥泪内渡,回到家乡广东蕉岭,在朋友帮助下建造了新居。"禅师指着眼前建筑物正门说,"这就是当年丘逢甲居住的地方。"

"哦!原来如此!"空空点点头。

"'培栽后进,远继先芬'的意思是栽培教育后世子孙,继承祖辈优良传统。丘逢甲故居以此为对联,且取名'培远堂',彰显了他作为教育家的胸襟。"禅师停下来望着本本和空空,"来之前的功课是每人准备一首丘逢甲诗歌朗诵,你们准备好了吗?"

"准备好了!"本本和空空齐声回答。

"空空,你先来吧。"禅师笑着对空空说。

"我来朗诵一首《春愁》。"空空向禅师抱拳,朗诵道:

春愁

〔清〕丘逢甲

春愁难遣强看山,往事惊心泪欲潸。
四万万人同一哭,去年今日割台湾。

"此诗创作于光绪二十二年(1896)三月,距离《马关条约》签订整整一年。诗词大意是:春天来了,忧愁却一直压抑在心里,我远眺青山抒怀,想起往事不禁潸然泪下。去年今日,天空乌云密布,人民痛哭流泪,台湾被清廷割让给了日本侵略者!"空空难过地停顿片刻,继续说道,"这首七言绝句表达了丘逢甲对腐败的清政府割让台湾的悲愤之情,同时告诉人们不忘国耻,积极抗争,早日收复台湾。"

"诗歌选得好!说得也好!"禅师鼓掌。

"我来朗诵丘逢甲的《谒明孝陵》:

郁郁钟山紫气腾,中华民族此重兴。
江山一统都新定,大蠢鸣笳谒孝陵。

此诗创作于1911年12月,丘逢甲在南京随孙中山拜谒明孝陵时,目睹辛亥革命喜人形势,挥毫赋诗。"本本说。

"好一个'江山一统'!"禅师赞叹道,"咱们进去参观英雄故居吧!"

〔家国情怀名句〕

四万万人同一哭,去年今日割台湾。

〔朗诵指数〕

4.8

四万万人同一哭,去年今日割台湾。

第七站　江西吉安

金陵驿

[诗词心能量]

清晨,万籁俱寂,第一缕阳光射穿薄雾,渐渐浸润着浅蓝色的天空,淡雅中点缀着一丝温馨的明丽。一大早,禅师一行三人就走进了吉安县文山公园。

"哇!好庄严的文天祥雕像!"空空不由自主地感叹。

雕像高六米四,由洁白的花岗岩雕刻而成。文天祥一身丞相着装,右手前伸,左手置于后腰,目视南方,散发着浩然正气。

"天地有正气,杂然赋流形。"本本不禁吟诵起来。

三人沿着石阶上行,来到文天祥纪念馆,这是一座仿宋建筑,四周松树与青竹郁郁葱葱,环境优美,布局大气。

"这个纪念馆很大。"空空兴奋地说。

"你有眼光,这是江西省最大的一所历史名人专题纪念馆。"禅师伸出左手抚摸空空脑袋。

"太好啦!参观学习去!"空空欢快地往前奔跑。

纪念馆分五个展厅，完整地介绍了文天祥生平事迹，三人边走边看，参观完毕已是中午时分。

"禅师，咱们找个地方坐下吧，有点累。"空空弯腰揉着膝盖。

"行，咱们到前面廊亭的长凳坐下来喝点水。"禅师说。

夏日的微风轻悠悠吹拂着，枝叶摇曳，若有若无地响，虫鸣鸟啼不绝于耳，仿佛在与大自然愉快地私语。空空靠在木凳上，惬意极了。"少年诗词达人，此时此地，来一首文天祥诗歌吧。"空空笑着坐到本本对面。

"好呀！"本本笑笑说，"我来一首《扬子江》。

几日随风北海游，回从扬子大江头。
臣心一片磁针石，不指南方不肯休。

"接下来有请空空小同学。"本本右手掌做了一个"请"的动作。

"嗯！我朗诵《过零丁洋》。"空空站起来：

辛苦遭逢起一经，干戈寥落四周星。
山河破碎风飘絮，身世浮沉雨打萍。
惶恐滩头说惶恐，零丁洋里叹零丁。
人生自古谁无死？留取丹心照汗青。

"棒极了！经典！"本本鼓掌称赞。

"禅师，您也给我们朗诵一首吧！"空空转身朝着禅师合十。

"这个文天祥诗友会开得好!"禅师说,"我来分享一首《金陵驿》。"

禅师闭上眼睛,缓缓调整呼吸,半睁着眼深情朗诵起来:

金陵驿
〔南宋〕文天祥

草合离宫转夕晖,孤云飘泊复何依,
山河风景元无异,城郭人民半已非。
满地芦花和我老,旧家燕子傍谁飞,
从今别却江南路,化作啼鹃带血归。

"悲凉!壮烈!"本本唏嘘道。

"本本,讲解一下这首诗的大意?"禅师笑着对本本说。

"我试试。"本本思索片刻,"这首诗大意是:落日余晖映照在长满野草的行宫上,国家灭亡了,我就像空中那片孤云,无所依托。祖国山山水水没变,但已不再是旧日南宋山河了,人民已经沦落为异族统治者的臣民。失去了家园,如今白发苍颜,眼前满地芦花在风中摇摆,似乎在诉说我心中的悲痛。我决定以死报国,熟悉的故乡啊,就此诀别,来日让我的魂魄守护这毕生热爱的乡土吧!"

"本本哥哥,你说得我心酸极了。"空空的眼里噙着泪水。

本本忍着心中苦楚,双手合十对禅师说:"请禅师指教!"

"说得非常好!"禅师动容地说,"祥兴元年(1278),

四十三岁的文天祥在广东海丰五坡岭被俘，旋即吞下二两冰片打算自尽，但仅是头晕目眩，后来他绝食八天，亦安然无事。一心以死殉国的文天祥忽然明白，与其自尽身亡，不如抗争到底，从容就义。于是文天祥从武装抗元转为狱中斗争，以泣血的诗词继续战斗。被俘第二年，文天祥由广州被押送至大都（今北京），在建康（金陵）停留期间，心系国家兴亡，写下这首视死如归、爱国明志的悲愤诗篇。一身正气的文天祥与朝中投降的文武百官不同，'与国家共生死'是他内心的坚守。景炎元年（1276），文天祥前往元军领地皋亭山与元军统帅、元丞相伯颜谈判，伯颜恐吓文天祥要置他于死地，文天祥毫不退缩，大义凛然地说：'宋状元丞相，所欠一死报国耳，宋存与存，宋亡与亡。'伯颜听后无比震惊，视文天祥为真男子。至元十九年（1282）十二月初八，文天祥英勇就义的前一天，元世祖忽必烈亲自招降文天祥，承诺授予他丞相之位。文天祥坚定不从，忽必烈问'汝何所愿（你还有什么愿望）'，文天祥回答'愿与一死，足矣'。第二天，监斩官带领士兵到狱牢，文天祥从容地对狱卒说：'吾事毕矣。'到了刑场，他问左右的人哪边是南方，于是朝南跪拜，曰'臣报国至此矣'，面不改色，慷慨就义。"

本本和空空脸色凝重地听着，沉浸在悲愤之中。耳边传来阵阵鸟鸣，清脆动听，却不免使人联想到文天祥化鹃啼血而归的崇高心志。

〔家国情怀名句〕

　　草合离宫转夕晖，孤云飘泊复何依，
　　山河风景元无异，城郭人民半已非。
　　满地芦花和我老，旧家燕子傍谁飞，
　　从今别却江南路，化作啼鹃带血归。

〔朗诵指数〕

　　4.7

满地芦花和我老，旧家燕子傍谁飞。

沁园春·题潮阳张许二公庙

[诗词心能量]

"文天祥至死不降的气节源于他的精神坚守——与国家共存亡,这是他坚定不移的信念。我给你们讲一个故事吧。"禅师对沉浸在悲痛中的本本和空空说。

本本和空空回过神来,向禅师点点头。

"唐肃宗至德元年(757),安史之乱第三年,安庆绪派军南下攻打睢阳(今河南商丘市)。负责守城的御史中丞张巡、侍御史许远在内无粮草、外无援兵的情况下死守睢阳长达十月之久,与叛军交战四百余次,杀敌无数,最终因众寡悬殊、粮草耗尽、士卒死伤殆尽而被俘。叛军将领尹子琦对张巡说:'听说您督战时,大声呼喊,眼眶破裂,血流满面,牙也咬碎,何必如此?'张巡答道:'我要用正气消灭逆贼,只恨力不从心。'尹子琦佩服张巡和许远气节凛然,软硬兼施以招降他们。张巡和许远誓死不从,终被叛军杀害。后人敬重张巡和许远忠义,为张巡、许远建庙塑像纪念他们,潮阳有一座张许二公庙,庙中对联'国士无双双国士,忠臣不二二忠臣'表达了人们对张许二人深挚的赞美与崇拜之情。"

"这个对联写得太好啦,精妙且贴切!"空空高声赞叹。

禅师点点头,继续说:"宋端宗景炎三年(1278),文天祥率军进驻潮阳,其间拜谒张许二公庙,他极度钦佩张许二人忠贞爱国、取义成仁、宁死不降的崇高气节,有感而发,赋词一首,名为《沁园春·题潮阳张许二公庙》,我给你们朗诵一遍:

沁园春·题潮阳张许二公庙
〔南宋〕文天祥

为子死孝,为臣死忠,死又何妨。
自光岳气分,士无全节;君臣义缺,谁负刚肠。
骂贼张巡,爱君许远,留取声名万古香。
后来者,无二公之操,百炼之钢。

人生翕歘云亡。好烈烈轰轰做一场。
使当时卖国,甘心降虏,受人唾骂,安得流芳。
古庙幽沉,仪容俨雅,枯木寒鸦几夕阳。
邮亭下,有奸雄过此,仔细思量。

这首词气势磅礴,酣畅淋漓,直达人心,是著名的爱国词之一。上片告诉我们:一个人为父母尽孝而死,为国家尽忠而亡，没有什么可怕的。自从国家投降以来，祖国山河破碎，君王和大臣纷纷屈服，哪有什么坚贞节操可言？而每次上战场即骂逆贼的张巡、一心为国的许远，却在外敌面前毫不退缩，顽强抵抗，被俘后至死不降，他们的事迹流传千古。然而，放眼当朝，没有人能像张巡和许远那样，保持忠贞不渝的操守。"

禅师闭目思索片刻，缓缓睁开眼说："这首词的下片是说：人生苦短，转眼即逝，人活着，就应该轰轰烈烈地成就一番为国为民的宏图大业。倘若当年张巡和许远弃城投降，他们必定声名狼藉，遭受千年唾骂，哪里能流芳百世？那些经过此地的奸雄逆贼，面对庙里张许二公栩栩如生、威严庄重而透出浩然正气的塑像，应当细细思量、反躬自省。"

"这番话说得太好了！"本本和空空齐声赞叹。

"文天祥说的'忠'，不是忠于一家一姓，而是忠于国家和民族，他自身的品德气节，是'为子死孝，为臣死忠，死又何妨'的忠贞坚守，这与他的家庭教育不无关系。"

禅师意味深长地看了本本和空空一眼，接着说："文天祥父亲文仪是一位学识渊博的读书人，对文天祥要求严格。文天祥从小接受儒学教育，母亲常给他讲历史上忠义人物的故事。受母亲影响，文天祥十分爱读忠臣传，心里早早种下了忠于家国和民族的种子，他在《邳州哭母小祥》中说：'母尝教我忠，我不违母志。'此外，文天祥特别崇拜杜甫，深受杜甫的诗歌及其人格精神影响，做一个堂堂正正的真儒、醇儒，是文天祥年轻时的理想。

"令文天祥一生自豪的是，他二十一岁那年参加进士考试，在殿试中被宋理宗钦点为第一名，成为六百零一名考生里的状元。宋理宗还题诗称赞文天祥'得贤功用真无敌,能为皇家立太平'。文天祥虽深受理宗皇帝赏识,但不断遭到奸佞小人迫害。三十七岁前,他先后遭罢官贬职多达六次,然而这些遭遇丝毫不改变文天祥的忠贞爱国之心。文天祥三十九岁那年,正是元军铁骑踏遍江南大地、国家岌岌可危之时。虽为一介书生,他仍积极散发家资招募士兵,誓死保卫祖国,给予元军沉重打击。

"文天祥被俘后,被关在窄小的牢房里,有一天大雨倾盆,牢房水深齐腰。第二天早上,雨水退去,牢房遍地泥泞,热气蒸腾,臭气熏天,文天祥对此毫不介意,他高兴地说:'久旱逢甘露,但愿天下人,家家足稻粱。'"

"一介书生如此爱国爱民,真乃大英雄也。"空空脑海中浮现出文天祥那无比高大的形象,内心激荡起深深的崇敬之情。

〔家国情怀名句〕

为子死孝,为臣死忠,死又何妨。

人生翕歘云亡。好烈烈轰轰做一场。

〔朗诵指数〕

4.9

人生翕歘云亡。好烈烈轰轰做一场。

第八站 江西南昌

蜀中九日

[诗词心能量]

"耶,滕王阁,我们来啦!"望着气势雄伟的滕王阁,空空按捺不住内心的兴奋。

"来来来,登楼之前,咱们先歇一下。"禅师招呼本本、空空在江边石凳上坐下来。滕王阁屹立在赣江之畔,亭台轩榭错落有致,别具一番古韵。

"空空,滕王阁让你这么激动?"禅师笑问。

"那当然,滕王阁是江南三大名楼之首,千百年来吸引了无数文人墨客登临赋诗,我也仰慕已久。"空空停了一下,摇头晃脑卖弄起来,"落霞与孤鹜齐飞,秋水共长天一色。渔舟唱晚,响穷彭蠡之滨;雁阵惊寒,声断衡阳之浦……"

"噢!你能把《滕王阁序》完整背诵一遍吗?"禅师问。

"我不行,天才本本哥哥行。"空空对着本本挤眉弄眼。

本本微笑道:"王勃才是真正的天才,他位居'初唐四杰'之首,六岁就能写诗,二十六岁那年路过南昌,参加都督阎伯舆重建滕王阁的庆祝宴会,登高作赋,写了天下第一骈文《滕王阁序》。滕王阁因此名垂千古,成为众人向往的名胜古迹。"

"你们熟悉王勃哪些诗词名句?"禅师问。

"海内存知己,天涯若比邻。"空空抢先回答。

"再来?"禅师摸摸空空的头。

"嗯……嗯……一下子想不起来啦!"空空转头向本本求助。

"九月九日望乡台,他席他乡送客杯。"本本脱口而出。

"好句!本本哥哥,这是哪一首?"空空问。

"这句出自王勃的《蜀中九日》。"本本答。

"本本,完整背诵一遍吧。"禅师赞许地说。

本本站起来,凝神片刻,深情朗诵道:

蜀中九日

〔唐〕王勃

九月九日望乡台,他席他乡送客杯。

人情已厌南中苦,鸿雁那从北地来。

禅师和空空鼓掌叫好。

"说说这首诗的大意?"禅师追问。

"此诗抒发了诗人浓郁的乡愁。王勃曾经客居南方,九月九日重阳节这天,他参加送别友人的宴会,乘兴登上玄武台,遥望故乡,思念亲人,一阵阵离愁涌上心头。他抬头看见雁群从北方飞往南方,心生无限感慨:'鸟儿呀,我在南方旅居久了,此刻多么想回到故乡,你们却从北方飞来南方。'"

"说得好!"禅师点点头,"家乡是每个人出发的码头,无论我们航行到哪里,都始终有一个温馨的港湾在等着我们归来。乡愁让我们铭记从哪里出发,也让我们知道未来的归宿。有了故乡,我们不再害怕流浪。故乡如风筝上的线,无论我们飞得再高再远,总能与故乡缠绵相连。王勃的诗作《山中》同样表达了浓浓的思乡之情:'长江悲已滞,万里念将归。况属高风晚,山山黄叶飞。'与王勃同时期的诗人卢照邻也写了一首《九月九日登玄武山》,意境和王勃的《蜀中九日》惊人相似,说明每一位诗人对故乡的思念之情是共通的。"

"禅师,我们要听《九月九日登玄武山》。"空空欢快地喊道。

禅师闭目片刻,睁开眼睛缓缓道来:

九月九日登玄武山
〔唐〕卢照邻

九月九日眺山川,归心归望积风烟。
他乡共酌金花酒,万里同悲鸿雁天。

"大道归一也!"空空双手竖起大拇指。

"禅师,我有一个疑问。"空空转向禅师。

"嗯?"

"假若王勃没有溺水身亡,诗仙还会是李白吗?'绣口一吐,就是半个盛唐'是不是就是形容王勃的?"

"不知道哦,空空,要不你去问李白?"禅师也开起了玩笑。

"愿我今晚梦见诗仙……"空空嘀咕着。

三人放声大笑,短暂地打破了这一隅的宁静。夏日骄阳映照着草木,飒飒作响的枝叶在土地上投下影子,摇曳成生动的画。面对湖光山色和蜿蜒古道,不知有多少穿梭其中的旅人,也在想念着自己的港湾呢?

〔家国情怀名句〕

九月九日望乡台,他席他乡送客杯。

〔朗诵指数〕

4.6

九月九日望乡台,他席他乡送客杯。

第八站 江西南昌

第九站　江西上饶

水调歌头·和马叔度游月波楼

[诗词心能量]

"空空,鹅湖书院历史上有个'鹅湖之会',你知道吗?"在前往鹅湖山的路上,禅师问空空。

"这个我做了功课!"空空得意地说,"宋孝宗淳熙二年(1175),南宋著名大儒朱熹、陆九渊、陆九龄应吕祖谦邀请来到鹅湖寺,四位先贤吟诗唱和,就学术见解进行阐述与辩论,史称'鹅湖之会'。"

"本本,鹅湖书院还有一个'鹅湖之晤',说来听听?"空空故意问本本。

本本笑了笑,说:"淳熙十五年(1188),南宋著名词人辛弃疾与好友陈亮在鹅湖书院欢聚十天。两人长歌相答,极论世事,慷慨明志,共同商议抗金复国大计,分别后两人填词一唱一和,成为毕生挚友,史称'鹅湖之晤',亦被后人称为'第二次鹅湖之会'。"

"看来难不倒你这个少年诗词达人。"空空嬉笑起来。

"咱们在鹅湖书院举行'第三次鹅湖之会',即'本(本)空(空)之会',畅谈爱国词人辛弃疾的作品,如何?"禅师笑呵呵地打趣。

"哇!'本空之会'!好绝妙的名字!完全同意!"空空欣喜若狂。

"荣幸之至!"本本也充满期待。

"'本空之会'内容我都给你们想好了,分别以辛弃疾的'愁''梦''叹''恨''泪'为主题进行诗词阐述。"禅师也难掩内心的激动,"先参观书院,让你们回忆一下相关主题的词作。"

盛夏的习习凉风格外令人心旷神怡。书院灰瓦白墙,衬以红色木门与木窗,让人眼前一亮。大门与厅堂处处挂着牌匾,宁静的光景中散发着阵阵书香。

"禅师,咱们到茶室开始'本空之会'吧。"空空无心欣赏眼前景致,只想立马一展风采。

"看来空空也是一位少年英雄啊。"禅师笑笑,摸着空空脑袋。

"禅师,在圣贤之地,向本本哥哥学习,机会难得嘛。"空空双手合十,夸张地举上头顶。

"好!咱们先谈辛弃疾的'愁'。"三人在茶室里坐下。

"我先来!"空空忍不住了,"我来朗诵一首辛弃疾的《丑奴儿·书博山道中壁》。"

少年不识愁滋味，爱上层楼。
爱上层楼。为赋新词强说愁。
而今识尽愁滋味，欲说还休。
欲说还休。却道天凉好个秋。

"好一个有愁说不得！那我朗诵一首《鹧鸪天·欲上高楼去避愁》。"本本应和道。

欲上高楼去避愁。愁还随我上高楼。
经行几处江山改，多少亲朋尽白头。
归休去，去归休。不成人总要封侯。
浮云出处元无定，得似浮云也自由。

"你上高楼愁，我有跟天一样大的愁。我再朗诵一首《丑奴儿·近来愁似天来大》。"

近来愁似天来大，谁解相怜。
谁解相怜。又把愁来做个天。
都将今古无穷事，放在愁边。
放在愁边。却自移家向酒泉。

"空空，你来讲讲这首词的故事？"禅师未等本本应答，望着空空问道。

"辛弃疾四十二岁那年被朝廷革职，直到他六十八岁去世，除了朝廷两次短暂起用，漫长的二十多年里他都在信州（今江西上饶）闲居，曾经叱咤风云的抗金英雄沦为山野之夫。"空空学着本本的样子阐述创作背景,接着说,"此诗大意是:在人生最应该杀敌报国的黄金时间里,我一直在信州闲居,祖国尚未统一,收复中原的理想仍未实现,难道朝廷把我忘了吗?难道我只能寄情于山水,就这样慢慢地老去,走向人生的终点?谁理解我壮志难酬的愁苦心情?天高任鸟飞的酣畅我无法体会,只觉得愁绪已经把天堆积得满满当当,压得我无法喘息。唯有畅饮美酒,麻痹自己暂忘这无边无际的愁闷。"

禅师点头赞许,并示意本本继续。

"辛弃疾愁大如天,他跟杜甫一样,主要是为国家、为民族发愁,我分享一首《水调歌头·和马叔度游月波楼》。"本本站起来高声吟诵:

水调歌头·和马叔度游月波楼
〔南宋〕辛弃疾

客子久不到,好景为君留。西楼着意吟赏,何必问更筹。唤起一天明月,照我满怀冰雪,浩荡百川流。鲸饮未吞海,剑气已横秋。

野光浮,天宇迥,物华幽。中州遗恨,不知今夜几人愁。谁念英雄老矣,不道功名蕞尔,决策尚悠悠。此事费分说,来日且扶头。

"本本哥哥,解释一下这首词?"空空自知无法接下去,便发挥小聪明让本本继续阐述。

"该词上片的意思是:我未能前往月波楼应约,羡慕你可以独自欣赏月波楼的良辰美景。看完你的词作,回想起当年游月波楼的情景,一轮明月照在我身上,顿时觉得心地光明,胸怀磊落,豪情万丈,只想痛痛快快地喝一场酒,奔赴沙场杀敌。"

本本停顿下来,像禅师那样,闭上眼睛思考片刻,睁开眼继续说:"词的下片抒怀:我站在月波楼上远望,原野上月光皎洁,天空高远开阔,四周一片幽静。谁能知道,沦陷多年的中原大地上,此时此刻,有多少人愁眉不展!英雄老矣,我个人功名不值一提,只希望有朝一日能够收复中原,完成统一大业。然而朝廷北伐大计飘忽不定,此生心愿不知何时可以实现。不说这些烦心事了,改日我们一醉方休。"

"你们说得非常好!辛弃疾流传后世的六百二十九首词作中,单'愁'字就有一百二十九个,愁情几乎缠绕了辛弃疾一生。辛弃疾性格豪迈奔放、刚毅勇敢,他不仅是为命运多蹇发愁,更是为江山社稷发愁,为民族命运发愁,这种强烈的爱国情感尤其值得你们好好体会。"禅师注视着本本和空空。

"受教了!"本本和空空点头。

〔家国情怀名句〕

中州遗恨,不知今夜几人愁。

〔朗诵指数〕
4.9

中州遗恨，不知今夜几人愁。

清平乐·独宿博山王氏庵

〔诗词心能量〕

"第二场'本空之会'是关于辛弃疾之'梦',谁先来?"禅师放下手中茶杯,望着本本和空空。

本本和空空对望了一眼,本本右手上扬,做了一个"有请"的手势。

空空站起来说:"我先分享一首辛弃疾的《破阵子·为陈同甫赋壮词以寄之》。"空空深呼吸几次,酝酿情绪,激昂感慨地高声朗诵:

醉里挑灯看剑,梦回吹角连营。八百里分麾下炙,五十弦翻塞外声。沙场秋点兵。马作的卢飞快,弓如霹雳弦惊。了却君王天下事,赢得生前身后名。可怜白发生。

"朗诵感情充沛，富有激情，很好！"禅师赞叹道，"给我们说说这个梦？"

"此词作于宋孝宗淳熙十年（1183）秋天，辛弃疾四十三岁，在上饶闲居。他的挚友陈亮（字同甫）在当年春天作了一首《与辛幼安殿撰书》，写信给辛弃疾，希望得到赋词回应，于是辛弃疾写了这首流传千古的词作。"

空空坐下来，端起茶杯喝了口茶，继续说："辛弃疾二十三岁那年，怀着满腔报国激情，从金营生擒叛将张安国，投奔南宋，期望得到朝廷重用，率领南宋军队挺进中原，收复失地，统一祖国，拯救沦陷区人民于苦难之中，建立一番丰功伟业。然而，南宋朝廷以罢战求和为国策，一心主战的辛弃疾自然得不到支持。四十二岁那年，辛弃疾受到排挤被罢官。虽赋闲在家，英雄报国之心却未灭，酒醉中进入了熟悉的梦境：出兵前战鼓响、号角鸣，将士们大块吃肉、大碗喝酒，豪气云天。出师后，将士们骑着快马，手持利剑冲向金营，所向披靡，势不可挡，一口气收复旧日河山！"

"好壮丽的梦境！"本本鼓掌。

"可惜只是一场梦。"空空稍显失落。

"梦由心生，英雄人做英雄梦。"本本说，"我来说一个辛弃疾与众不同的'梦'——《清平乐·独宿博山王氏庵》。"

本本站起来，挺直胸膛，平缓而有力地吟诵起来：

绕床饥鼠，蝙蝠翻灯舞。
屋上松风吹急雨，破纸窗间自语。

平生塞北江南，归来华发苍颜。

布被秋宵梦觉，眼前万里江山。

"哇！这首词很特别，本本哥哥，快给我们讲讲诗词故事。"空空忍不住喊起来。

"此词约为辛弃疾四十五岁时所作，当时辛弃疾已经被贬为民，闲居在上饶带湖新居已有三年。寂寞之时，辛弃疾喜欢到附近的鹅湖、博山一带游玩。一个清秋的夜晚，辛弃疾投宿于博山脚下的王氏庵。这个破败房子处在一片松树林里，四周无人，夜深了，饥饿的老鼠在睡床周围窜来窜去，蝙蝠在空中乱舞，阵阵秋风夹带大雨吹打着屋顶。房屋年久失修，大风从窗间的破纸洞中穿过，呼呼作响。迷迷糊糊中，平生经历像电影那样一幕幕在辛弃疾脑海里浮现：年轻时毅然投靠南方，为官二十年，职位变动三十多处，奔波劳碌，如今两鬓斑白，沦落到归隐田园，但心里念念不忘的还是国家统一！忽然，一阵寒风吹开单薄的被子，辛弃疾惊醒了，一下子没回过神来，祖国万里江山依然魂牵梦绕。"

"好伟大的梦！'铁马冰河入梦来！'"空空受到强烈的感染。

"禅师，请您开示。"本本坐下来，面向禅师双手合十。

"辛弃疾和陆游一样，都有爱国报国的赤胆忠心，却始终壮志未酬，一生屡遭贬斥。难能可贵的是，尽管得不到朝廷重用，被当权者冷落，甚至身处逆境当中，他们一如既往地保持着一颗炽热之心。在忧郁的心境中借酒消愁，在醉意蒙眬中想着如何上阵杀敌，驱逐金兵。深秋夜晚，投宿在饥鼠出没、蝙蝠乱舞、门窗败落的破屋里，辛弃疾没有抱怨环境恶劣，反而忧虑万里江山，梦里仍然想着收复中原，统一祖国，他对家国深情如此，怎能不让人动容！"禅师慨叹道。

"落寞英雄以笔为剑，以酒为血，以梦守边疆。"本本感慨辛弃疾郁郁不得志的一生。

〔家国情怀名句〕

平生塞北江南，归来华发苍颜。
布被秋宵梦觉，眼前万里江山。

〔朗诵指数〕

4.9

布被秋宵梦觉,眼前万里江山。

第九站 江西上饶

满江红·倦客新丰

[诗词心能量]

第二天一早,禅师一行三人再次来到鹅湖书院茶室。太阳渐渐升起,给蔚蓝的天空抹上了淡淡的红晕,细枝绿叶在和风的吹拂下,摇曳生姿,美好的一天拉开了帷幕。

"昨晚你们都做足功课啦?"禅师坐下后微笑地看着本本和空空。

"准备好了,开始吧!"两人兴趣盎然。

"第三场'本空之会'是关于辛弃疾的'一声叹息',有请第一位诗词达人。"禅师向空空眨眼示意。

"我要说的辛弃疾之一声叹息是'追往事,叹今吾',源自《鹧鸪天·壮岁旌旗拥万夫》,我先朗诵一遍:

壮岁旌旗拥万夫,锦襜突骑渡江初。
燕兵夜娖银胡䩮,汉箭朝飞金仆姑。
追往事,叹今吾,春风不染白髭须。
却将万字平戎策,换得东家种树书。

此词是辛弃疾晚年闲居瓢泉期间所作,当时有客来访,大谈建功立业之事,辛弃疾心中顿时荡起万丈豪情,遂向客人述说过往经历,他年轻时期叱咤风云的壮举,令客人惊讶不已,崇拜得五体投地。"空空胸有成竹,颇显滔滔不绝之态,"辛弃疾二十二岁那年,在济南率领两千多人起义,不久即带领人马投靠义军领袖耿京,取得了耿京的信任,后来受其委托,前往建康(今南京)表明义军归顺南宋之意,受到宋高宗接见并授予官职。然而在回程路上,惊闻耿京被叛将张安国杀害,张安国率部将向金国投降。辛弃疾震惊之余,决定勇闯金营生擒张安国回到临安(今杭州)正法。经过精心侦探和周密部署,辛弃疾带领五十骑兵闯进有五万官兵的金营,把正在跟金将喝酒的张安国生擒上马,顽强地抵御了金兵的追击,一路南下,最终将张安国带到临安处死。"

空空停顿片刻,继续说:"辛弃疾生擒张安国的壮举在日益颓废的南宋王朝引起了强烈反响,他果敢无畏的英雄气概深受朝廷官员赞叹,连一向无心应战的宋高宗对辛弃疾亦连连称赞,钦佩不已。"

"辛弃疾智勇双全,神勇无敌,五十对五万,兵力相差一千倍!"本本由衷感叹。

"辛弃疾南归后,曾先后向朝廷献上《美芹十论》和《九议》等万字兵略,详尽分析了宋金两国的形势,并对收复中原之策进行了针对性论述,可惜一直未被朝廷采用。值得一提的是,由于从金人占领的沦陷区脱身归附南宋的特殊身份以及强烈的主战思想,辛弃疾自始至终未被主和派当权的朝廷重用。辛弃疾早期仕途多奔波,先后担任过湖南安抚使及江西安抚使,相当于地方最高长官。但他四十二岁那年遭到朝廷官员弹劾,理由是'用钱如泥沙,杀人如草芥',最终被宋孝宗罢官。"

"讲得很精彩!一分耕耘,一分收获。空空少侠是做足了功课啊!"禅师朝空空竖起大拇指。

"谢谢鼓励!"空空意犹未尽,"回归到主题,辛弃疾叹息什么呢?我认为他叹息的是空有才华、壮志难酬,叹息的是光阴虚度、功业不成。"

"完美!"本本抱拳赞扬。

"有请本本老师。"空空调皮地说。

"我分享的辛弃疾之一声叹息是'叹诗书、万卷致君人,翻沈陆',源自《满江红·倦客新丰》,我先朗诵一遍:

满江红·倦客新丰
〔南宋〕辛弃疾

倦客新丰,貂裘敝、征尘满目。弹短铗、青蛇三尺,浩歌谁续。不念英雄江左老,用之可以尊中国。叹诗书、万卷致君人,翻沈陆。

休感叹,年华促。人易老,叹难足。有玉人怜我,为簪黄菊。且置请缨封万户,竟须卖剑酬黄犊。甚当年、寂寞贾长沙,伤时哭。

这首词上片大意是:光阴似箭,日月如梭,不知不觉我已闲居多年,如同唐代马周落魄于新丰那样,孤身一人,无人理睬。又像极了奔走于各国推行治国方略的苏秦,得不到君王重视，奔波劳碌，灰尘满面，落得像孟尝君昔日门客冯谖那样的下场，终日郁郁寡欢，弹剑高歌。虽说我日渐老去，倘若能得到朝廷重用，我一定能让国家雄起，振兴中国！可叹我这个饱读诗书、满腹经纶、写了万字治国方略呈送给君王的人，如今只能在村野中隐居。"

"英雄无用武之地！"空空深感遗憾。

"词下片大意是：别再感慨人生易老、时光易逝，美酒可以消愁，佳人相伴可以忘忧。不再去想杀敌封侯、建功立业的事了，把宝剑卖了，买牛耕田。想当年，贾谊在长沙痛哭，他和我的处境是一样的。"

本本说着说着，有些伤感："辛弃疾这一声叹息和《鹧鸪天·壮岁旌旗拥万夫》里的叹息一样，叹息空有文韬武略，报国无门，叹息时光易老，功业未成。"

"哎！"空空一声叹息，鹅湖书院茶室外的花草仿佛也听懂人心，随即附和起来。霎时间，风和阳光，树和泥土，水和鸟雀，都似在叹息和啜泣。时间汩汩流逝，带走了遗憾和愁闷，唯有心系家国的悲壮情怀与日月同在，共天地生辉。

〔家国情怀名句〕

且置请缨封万户，竟须卖剑酬黄犊。

〔朗诵指数〕

4.9

且置请缨封万户,竟须卖剑酬黄犊。

水调歌头·壬子三山被召陈端仁给事饮饯席上作

〔诗词心能量〕

茶歇之后,本本和空空精神抖擞地坐在茶室里,等待第四场"本空之会"。窗外鸟儿歌声清脆婉转,似在为即将到来的诗词盛会助兴。

"鹅湖书院,'本空之会',喜欢这夏日的清凉。"空空喜上眉梢。

"人生长恨水长东。第四场'本空之会'是关于辛弃疾之'恨',哪位先来?"禅师微笑地看着眼前两位精神焕发的小友。

"空空,你先请。"本本挥动着右手示意。

"承让了!"空空面向本本合十作揖,"我分享辛弃疾的《鹧鸪天·送人》:

唱彻《阳关》泪未干，功名馀事且加餐。浮天水送无穷树，带雨云埋一半山。

今古恨，几千般，只应离合是悲欢？江头未是风波恶，别有人间行路难。

此词创作于宋孝宗淳熙五年（1178）春天，当时辛弃疾三十九岁，仕途几经波折，南下归宋已经十六年了，始终未能像岳飞那样率军奔赴前线杀敌，压抑之感挥之不去。词上片大意是：唱完《阳关三叠》，面带泪痕，不再提建功立业之事了，我们还是好好吃完这顿饭吧。春雨过后，江水暴涨，水流从开阔的江面流过，把两岸树木抛在后面，前方山峰在云雨缭绕中若隐若现。"

"好美的春江云雨图。"本本沉浸在诗情画意中。

"嗯。"空空往下说，"词的下片主要抒怀：人生有千百种愁恨，悲欢离合只是其中之一。江水汹涌，江头这点波浪算得了什么，人世间的道路比这风波更加艰难，更加险恶。"

空空看了禅师和本本一眼，继续说："辛弃疾的恨，是有恨说不出，有恨说不得，恨南宋朝廷没有给他施展身手的舞台，恨他一心为国，却屡受朝中大臣非议与压迫。"

"此恨绵绵无绝期。"本本脱口而出。

空空对着本本扬了一下眉头，本本心领神会，站立起来说："我朗诵一首辛弃疾的《水调歌头·壬子三山被召陈端仁给事饮饯席上作》：

长恨复长恨,裁作短歌行。何人为我楚舞,听我楚狂声?余既滋兰九畹,又树蕙之百亩,秋菊更餐英。门外沧浪水,可以濯吾缨。

一杯酒,问何似,身后名?人间万事,毫发常重泰山轻。悲莫悲生离别,乐莫乐新相识,儿女古今情。富贵非吾事,归与白鸥盟。

宋光宗绍熙三年(1192)冬天,辛弃疾即将从福州前往临安觐见光宗,好友陈岘(字端仁)为他设宴饯行,辛弃疾即兴创作了这首词。词的大意是:我将无穷的愤恨写入这首词作里,谁为我起舞?谁听我高唱《凤兮歌》?不如随我归去。我在带湖种植了香草百亩,秋天来临,可以用菊花花瓣泡茶,门外沧浪清水,可以洗涤帽带。眼前的美酒和身后的名声,孰轻孰重?当然是身后名声更重要!可如今,人间万事本末倒置,毫发重而泰山轻!这是多么的可笑。"

"哇!只听过'人固有一死,或重于泰山,或轻于鸿毛',没听过'毫发重于泰山'!"空空忍不住叫起来。

本本点点头,继续说:"古往今来,最悲伤莫过于生离死别,最欢喜莫过于认识一位志同道合的朋友。荣华富贵不是我的追求,还是去带湖与白鸥同乐吧。"

此时,禅师、本本和空空三人陷入沉思当中,茶室显得异常安静。

本本打破了宁静:"辛弃疾的恨,是毕生理想难以实现,是'欲将心事付瑶琴。知音少,弦断有谁听'。朝廷主和派苟且偷安,置国家安危于不顾,不断排挤、打压主战派人士，自四十三岁那年开始，辛弃疾在带湖闲居了整整十年，一生中最宝贵的年华竟徒然流逝于'管竹管山管水'之中。一腔热血，两行清泪，只叹英雄无用武之地啊。"

窗外透进一缕金色，把茶室一角照得通亮，茶水在杯中熠熠发光，茶香氤氲着，整个空间更显得寂静了。空空倏然起身，高举右拳，愤懑地说："臣子恨，何时灭！"

〔家国情怀名句〕

一杯酒，问何似，身后名？
人间万事，毫发常重泰山轻。

〔朗诵指数〕

4.9

人间万事，毫发常重泰山轻。

水龙吟·登建康赏心亭

[诗词心能量]

经过一场大雨的洗礼,空气中透着丝丝凉意,乌云薄雾渐渐消散,微风佛面,让人倍感清爽。按照禅师安排,第五场"本空之会"在鹅湖书院茶室如期举行,这是最后一场辛弃疾诗词交流会。

本本和空空神采奕奕,诗词游历中鹅湖论词环节令他们兴致勃勃,回味无穷。

"两位'辛粉',第五场'本空之会'是关于辛弃疾之'泪',现在正式开始,有请空空。"禅师左手上扬,示意空空先来。

空空站起来,朝禅师和本本抱拳:"辛弃疾性格豪爽,勇敢刚猛,大丈夫是也,如此豪气冲天的英雄泪洒何处?请听我朗诵一首《菩萨蛮·书江西造口壁》:

郁孤台下清江水，中间多少行人泪。西北望长安，可怜无数山。

青山遮不住，毕竟东流去。江晚正愁予，山深闻鹧鸪。

这首词创作于宋孝宗淳熙三年（1176）秋天，辛弃疾率军平定了江西茶商之乱，被朝廷任命为京西转运判官（相当于掌管粮食的官员），途经贺兰山，登上郁孤台，满腔愁绪，有感而发。

"此词大意是：郁孤台下赣江水不断流淌，江水里掺杂着多少逃难者的眼泪。我向西北遥望长安，却被无数山峰遮断视线，但青山怎能阻挡得了这浩浩荡荡的江水？江水毕竟还会向东奔流不息。日暮将至，天色慢慢暗淡，想到北方山河沦陷多年，阵阵愁苦便涌上心头，山谷里鹧鸪啼叫不停，仿佛在对我说：'不要离去，不要离去。'"

空空捧杯喝茶，继续说："辛弃疾南归之后，无时无刻不在思念北方故土，渴望有生之年能够领兵收复中原，统一祖国。淳熙二年（1175）六月，辛弃疾担任江西提点刑狱，率领军队与以赖文政为首的茶商武装战斗，功成之后，满以为朝廷会委以重任，让他统领千军万马，杀向北方，收复失地，统一河山。不料新职位下来，辛弃疾变成了一个没有兵权的文官。

"辛弃疾一生壮志难酬，对统一祖国的渴望，对民族的热爱，对沦陷区人民的同情，对国耻的耿耿于怀，无不流泻于他的词作中。"

"说得真好！"禅师微笑地看着空空，再转眼看向本本，挥手示意本本开始。

本本站起来，挺直腰板："我朗诵一首《水龙吟·登建康赏心亭》：

楚天千里清秋，水随天去秋无际。遥岑远目，献愁供恨，玉簪螺髻。落日楼头，断鸿声里，江南游子。把吴钩看了，栏干拍遍，无人会，登临意。

休说鲈鱼堪脍。尽西风、季鹰归未？求田问舍，怕应羞见，刘郎才气。可惜流年，忧愁风雨，树犹如此！倩何人唤取，红巾翠袖，揾英雄泪。

此词创作于淳熙元年（1174），辛弃疾在建康（今南京）为官时，上司叶衡对辛弃疾颇为器重，表示愿意帮助他成就毕生功业，可惜好景不长，叶衡很快就离开建康回临安任职。仕途上失去了有力的依靠，辛弃疾内心惆怅苦闷，初秋时节，他登上赏心亭远眺，有所感怀，赋词一首。此词上片大意是：长空万里，江水奔流，远望群山，夕阳晚照，我如同天空中离群的孤雁，无人理解我的满腔热血与宏大志向。光阴流逝，我离开故土已十余年，手中宝刀连出鞘的机会都没有！纵有杀敌之志，却无用武之地，每每想到南归后的困境，我内心悲愤不已，手持宝刀怒拍栏杆，仰问苍天，有谁明白我心中的苦楚！"

"悲壮！"想到英雄挥刀拍打栏杆的孤独无助，空空忍不住哀叹起来。

"词下片大意是：我南投临安，雄心壮志，无处施展，难道要学张翰和许汜那样贪图安逸，只为自己打算？我不会选择这样的道路。但身在朝廷，不受重用，眼看着国家飘摇，自己却无能为力。时光飞快地流逝，我何时才有机会实现恢复中原的夙愿？进不得，退不是，叫我如何是好？想到这些，不禁潸然泪下。"

"太难了！"空空悲痛地说。

"辛弃疾在金人占领的沦陷区长大，自小目睹北方同胞在金人践踏下悲惨生活，立下宏愿恢复中原，统一祖国，拯救人民于苦难之中。故而年轻时毅然南归临安，为的是率兵北伐，实现生平志业。然而生不逢时，在停戈求和的统治者面前，辛弃疾注定理想落空。报国无门，怀才见弃，他唯有将满怀心绪与万千惆怅挥洒于笔墨间，抛却于酒醉中。虽然隐居山林，辛弃疾却始终念念不忘报国之志，临终前还高喊'杀贼、杀贼'！"本本哽咽。

"禅师，这次鹅湖书院'本空之会'让我更加深刻地认识了辛弃疾，英雄人写英雄词，他的愁、他的梦、他的叹、他的恨、他的泪，始终饱含着强烈的爱国之情，八百多年过去了，这份情怀依然触动和震撼着我们。"空空站立起来，朝禅师深深鞠躬。

"后生可畏！你们的学习精神也让我感动！"禅师双手合十。

五场"本空之会"终于完美收官！三人借此契机窥探了辛弃疾愁、梦、叹、恨、泪交织的一生。随着热水倾注入茶杯，茶叶浮动，饱满丰盈，一缕缕清香飘溢而出，和着伟大词人的壮烈与悲慨，给予禅师、本本和空空精神上最甘醇的熏染。

〔家国情怀名句〕

遥岑远目，献愁供恨，玉簪螺髻。
落日楼头，断鸿声里，江南游子。
把吴钩看了，栏干拍遍，无人会，登临意。

〔朗诵指数〕

5.0

把吴钩看了，栏干拍遍，无人会，登临意。

第十站　安徽池州

早雁

[诗词心能量]

"景色太美了!"空空看着眼前的湖光山色兴奋不已。只见阳光跃动在湖面上,微风习习,泛起层层波粼,像撒上了点点碎银,湖水清澈见底,一缕缕云和周围的山倒映其中,恰似一块晶莹透亮的玉石。

"知道这个亭的来历吗?"禅师问。

"我想本本哥哥肯定知道。"空空调皮地吐了一下舌头。

"翠微亭是杜牧在池州任刺史时所建,因其仰慕李白,故取李白《赠秋浦柳少府》诗句'开帘当翠微'中'翠微'二字为此亭命名。"本本解释道。

"岳飞北上抗金的时候路过齐山,登上翠微亭,写了一首诗叫《池州翠微亭》:'征年尘土满征衣,特特寻芳上翠微。好山好水看不足,马蹄催赶月明归。'"空空骄傲地做了补充。

"齐山原本名气不大,因杜牧的一首诗而声名大振,世人皆知。"本本眺望远处的长江玉带,继续说,"会昌五年(845)重阳节那天,杜牧与张祜登上翠微亭,即兴赋诗

《九日齐山登高》，诗曰：

> 江涵秋影雁初飞，与客携壶上翠微。
> 尘世难逢开口笑，菊花须插满头归。
> 但将酩酊酬佳节，不用登临恨落晖。
> 古往今来只如此，牛山何必独沾衣。

杜牧作此诗，意在倾吐心中郁闷，没想到这首诗让齐山及翠微亭的知名度大增，历朝诸多文人墨客追随杜牧此诗登临齐山，循迹凭吊。北宋名相王安石在诗作《和王微之秋浦望齐山感李太白杜牧之》中亦描写了齐山美丽的风光。"本本朗诵起来：

> 齐山置酒菊花开，秋浦闻猿江上哀。
> 此山漠漠云垂地，南埭悠悠水映人。
> 驰道蔽亏松半死，射场埋没雉多驯。
> 登高一曲悲亡国，想绕红梁落暗尘。

"说得好！"禅师向本本竖起大拇指。

"禅师，给我们说说杜牧吧！"空空对着禅师双手合十。

"杜牧出生于高门世族，他的祖父杜佑为唐德宗时期宰相。受祖父影响，杜牧自小关心国事，喜欢谈政论兵，有经邦济世之志，立志重振大唐，建功立业。他与牛僧孺私交甚好，与李德裕亦是世交。牛李党争时期，牛李两派都赏识他的才能，但杜牧刚正耿直，不屑逢迎权贵，不愿趋炎附势，两派都不重用他。因而杜牧未能施展抱负，一生并不得志，唯有将满腔情感寄托于诗词中，如《将赴吴兴登乐游原一绝》：'清时有味是无能，闲爱孤云静爱僧。欲把一麾江海去，乐游原上望昭陵。'又如《登乐游原》：'长空澹澹孤鸟没，万古销沉向此中。看取汉家何事业，五陵无树起秋风。'还有《感怀诗一首》：'夷狄日开张，黎元愈憔悴。邈矣远太平，萧然尽烦费。'"禅师停顿了一下，继续说，"杜牧众多托物寄情诗中，《早雁》最能体现其爱国忧民之心，诗词如下：

早雁
〔唐〕杜牧

金河秋半虏弦开，云外惊飞四散哀。
仙掌月明孤影过，长门灯暗数声来。
须知胡骑纷纷在，岂逐春风一一回？
莫厌潇湘少人处，水多菰米岸莓苔。

唐武宗会昌二年（842）八月，北方边塞回纥首领乌介可汗乘唐王朝衰微之机，率领大军南侵，边境百姓惊惶南逃。杜牧时任黄州刺史，闻讯后忧心忡忡，赋诗《早雁》，以南飞之雁比喻在回纥侵略下南逃的边地难民。此诗大意是：仲秋的北方边地上，回纥士兵正张弓作乱，惊得雁群四处飞散，发出阵阵凄厉蚀骨的哀鸣。建章宫中幽灯暗影，金铜仙人掌托露盘，在明月映衬之下显得清冷寂寥，失群的孤雁飘掠而过，长安城上空传出数声哀鸣。大雁啊大雁，胡人的铁骑仍在北边争鸣，你们又怎么能追随春风的脚步飞回故乡呢？请不要嫌弃潇湘一带人迹罕至，那里水多润泽，菰米莓苔长得正好。

"《早雁》表达了杜牧的爱国忧民以及幽愤之情,一方面描绘出难民流离失所的悲惨凄凉,另一方面讽刺唐王朝昏庸无能,并希望朝廷有所作为。"

禅师抿嘴一笑,接着说:"让杜牧慰怀的是,回纥入侵不久,宰相李德裕调集北方幽州、振武、河东各藩镇兵马,经过渔阳之战和杀胡山之战,大败回纥军队。最后乌介可汗因内讧被杀,残余部队向幽州镇乞降时,仅剩三千余人。"

听完禅师的一席话,本本和空空沉浸在杜牧借雁抒怀的含蓄表达中。湖中涟漪拨动心弦,大雁的哀鸣仿佛萦绕于耳际。

〔家国情怀名句〕

须知胡骑纷纷在,岂逐春风一一回?

〔朗诵指数〕

4.8

须知胡骑纷纷在,岂逐春风一一回?

第十站 安徽池州

第十一站　安徽宣城

登新平楼

[诗词心能量]

禅师一行三人来到诗词游历的第十一站：安徽宣城。

安顿下来之后，禅师问空空："到了宣城，最希望去哪里？"

"'相看两不厌，唯有敬亭山。'第一站必须是敬亭山！"空空毫不犹豫地答道。

第二天一早，禅师带着本本和空空来到敬亭山下。山不高，树木青翠。沿着石阶往上走，不远处树荫下一栋略显陈旧的两层建筑物隐约可见，在明晃晃的阳光照耀之下，更添古朴之意。

"太白独坐楼！"空空眼尖，叫喊起来。

一会儿三人到了太白独坐楼跟前，一楼中间摆放着一尊李白石头坐像，李白左手搭在石头上，右手持诗卷靠膝，头微微昂起眺望远方，若有所思。

"拜见诗仙。"空空双手合十。

"走，咱们上二楼观景。"禅师说。

上了二楼，临窗而站，眼前山花怒放，远处居民楼一片红瓦白墙，与天边那一抹淡蓝和几许游云相得益彰，令人赏心悦目。

"空空，你的表演时间到了。"禅师笑起来。

"下面有请诗词朗诵爱好者空空为我们展示才艺，掌声欢迎！"本本跟着起哄。

"谢谢！下面我为大家朗诵李白的《独坐敬亭山》。"空空挺直腰板，高声诵道：

众鸟高飞尽，孤云独去闲。
相看两不厌，唯有敬亭山。

"空空，李白为什么喜欢宣城？"禅师问。

"本本哥哥，你说呢？"空空机智地转向本本。

"李白是'诗坛巨星'，受到千万人追捧，但李白也是'追星人'。"本本会心一笑。

"本本哥哥，李白也是别人的'粉丝'？"空空睁大了眼睛。

"当然，为什么李白要来敬亭山独坐？他是来追寻他崇拜的诗人的足迹。"

"哦？本本哥哥，快快给我说说。"

"李白崇拜的诗人叫谢朓……"

"我知道，有首诗叫《宣州谢朓楼饯别校书叔云》。"空空不等本本说完，忍不住插话。

本本瞄了空空一眼，继续说："谢朓任宣城太守时，常游览敬亭山，写了几首关于敬亭山的诗歌，他在《游敬亭山诗》中写道：'兹山亘百里，合沓与云齐。'诗句中敬亭山的仙气一直在李白脑海里飘浮,来到宣城,李白哪能错过这座江南诗山?他也写了多首关于敬亭山的诗。"

"李白还真是谢朓的'铁粉'啊!"空空感叹。

"禅师,给我们讲讲李白登高遣怀的诗歌吧。"本本朝禅师双手合十。

"是的,禅师,我们喜欢听您讲诗词。"空空微笑着说。

"好的,我们谈谈李白。"禅师双手搭在腹部,目光亲切地看着本本和空空,"李白才华横溢,诗才出众,自认为是国之栋梁,他期待有朝一日被皇帝赏识且委以重任,实现平生抱负,轰轰烈烈地干一番大事业。但因其性格刚直不阿,恃才傲物,得罪了唐玄宗,最终被唐玄宗赐金放还,从此李白开始浪迹天涯。李白'一生好入名山游',每到一处,必饮酒赋诗,佳作迭出,一来赞美祖国壮丽山河,二来表达内心的不甘与无奈。在宣城,李白常常登高赋诗,如《秋登宣城谢朓北楼》,寄托了对谢朓的怀念:'江城如画里,山晚望晴空。两水夹明镜,双桥落彩虹。人烟寒橘柚,秋色老梧桐。谁念北楼上,临风怀谢公。'还有《宣城见杜鹃花》,表达了浓浓的思乡之情:'蜀国曾闻子规鸟,宣城还见杜鹃花。一叫一回肠一断,三春三月忆三巴。'"

"噢!看来诗仙真心喜欢宣城啊!"空空感慨道。

"李白虽然离开了长安,但未曾忘却报国之志,他常常遥望长安,并将自己报国无门的哀愁寄寓于诗词中,如《凤凰台上凤凰游》所写:'总为浮云能蔽日,长安不见使人愁。'你们读过他的《登新平楼》吗?"禅师问。

"没有。"空空回答得很干脆。

"我读过。"本本高声吟诵起来:

登新平楼
〔唐〕李白

去国登兹楼,怀归伤暮秋。
天长落日远,水净寒波流。
秦云起岭树,胡雁飞沙洲。
苍苍几万里,目极令人愁。

"好棒!小诗神,这首诗具体说什么?"空空一脸崇拜。

"深秋时节,李白离开长安,一路向西行。有一天他登上新平楼,远处广阔的大地上,夕阳慢慢下沉,清澈的河水静静流淌着,微微泛着波澜。云朵缭绕山岭,从北方飞来的大雁驻足于沙洲。四处无人,寂静无声,李白神色凝重,内心生出阵阵悲凉。眼前的一切让他想起了长安,朝廷危机重重,祖国在风雨中飘摇,自己却有心无力,壮志难酬。"本本仿佛在描述一幅画卷。

"讲得好!"禅师欢喜地朝本本点点头。

"禅师,您是不是每晚三更时分都给本本哥哥'灌顶'啊?他太厉害了!"空空摸摸脑袋,钦佩中带点疑惑。

此时,浮云蔽日,墨黛色的雾霭缠绕山间,山色空蒙,亭亭玉立的山峦仿佛镶嵌在天边,像一幅凝重深邃的画。

〔家国情怀名句〕

去国登兹楼，怀归伤暮秋。

苍苍几万里，目极令人愁。

〔朗诵指数〕

4.6

去国登兹楼，怀归伤暮秋。

第十二站　安徽和县

西塞山怀古

[诗词心能量]

从宣城北上,禅师、本本和空空来到诗词游历的第十二站:和县刘禹锡纪念馆。

"山不在高,有仙则名。水不在深,有龙则灵。斯是陋室,惟吾德馨。"空空情不自禁地吟诵起来。

"《陋室铭》是人称诗豪的唐朝诗人刘禹锡担任和州(今和县)刺史期间所作,我们现在参观的陋室,是当年刘禹锡在和州的故居。"空空开始卖弄知识了。

"知道文字的魅力了吧?"禅师笑呵呵地说,"一篇散文让一间屋子变成了众人向往的人文胜景。"

"中国的诗词歌赋太厉害了!江南三大名楼因为诗人的作品而名垂千古!"空空连忙点头。

一行三人来到《陋室铭》碑亭。"坐下吧,咱们来一场刘禹锡诗友会?"禅师望着本本和空空。

"好啊!"两人齐声回答。

"空空你先来。"禅师说。

"我喜欢刘禹锡的诗词,他的作品往往给人一种力量!"

空空兴高采烈,"举个例子,诗人描写秋天,多以'悲'为底色,诗圣杜甫说:'万里悲秋常作客,百年多病独登台。'多么悲凉!可刘禹锡不这样,他在《秋词》中写道:'自古逢秋悲寂寥,我言秋日胜春朝。晴空一鹤排云上,便引诗情到碧霄。'在刘禹锡眼里,秋天是多么美好啊!"

空空停顿下来,挠挠头:"我最敬佩刘禹锡不畏艰难、百折不挠、乐观豁达的精神,他在《浪淘沙·其八》中写道:'莫道谗言如浪深,莫言迁客似沙沉。千淘万漉虽辛苦,吹尽狂沙始到金。'面对困境时,刘禹锡毫不退怯,相信苦尽甘来。唐敬宗宝历二年(826),刘禹锡和白居易在扬州第一次相逢,两人相见恨晚,白居易赋诗《醉赠二十八使君》送给刘禹锡,该诗高度赞赏刘禹锡的才华,对刘禹锡贬官二十三年的坎坷遭遇表示极大同情。刘禹锡和诗一首《酬乐天扬州初逢席上见赠》,诗中写道:

巴山楚水凄凉地,二十三年弃置身。
怀旧空吟闻笛赋,到乡翻似烂柯人。
沉舟侧畔千帆过,病树前头万木春。
今日听君歌一曲,暂凭杯酒长精神。

我们仿佛听到刘禹锡对白居易说:'哥们,没事儿,不要为我悲伤,一切都好好的。'多么豁达的襟怀!"

"空空诗力大增啊!"本本对空空竖起大拇指。

"谢谢鼓励!跟你这位少年诗词达人相比差远了,到你啦。"空空眉开眼笑。

"我来分享读《西塞山怀古》的体会。唐穆宗长庆四年（824），刘禹锡从夔州（今重庆奉节）刺史调任和州刺史，赴任途中，沿长江东下，经过西塞山时，触景生情，写了这首《西塞山怀古》。"本本站起来，面对禅师和空空，吟诵起来：

西塞山怀古
〔唐〕刘禹锡

王濬楼船下益州，金陵王气黯然收。
千寻铁锁沉江底，一片降幡出石头。
人世几回伤往事，山形依旧枕寒流。
今逢四海为家日，故垒萧萧芦荻秋。

"这首诗的大意是：晋大将王濬率领大军从益州（今成都）沿着长江东下进攻东吴，在强大的西晋军队面前，东吴再没有孙权那时的王气，官兵斗志消沉，萎靡不振。在西塞山，西晋大军用大火烧断了东吴在长江横截的铁链，长驱直入，东吴在建业（今南京）向西晋投降。西晋灭吴，结束了东汉末期分裂数百年的局面，统一了中国。古往今来，朝代更迭，世事变迁，奔腾不息的长江水日复一日地从西塞山边流过。如今，天下太平，没有内战，旧时壁垒长满了芦荻，在秋风中显得冷落凄清。这首诗借西晋灭吴之史实，表达诗人对历史兴亡的感慨以及对江山一统的愿望。诗人当时虽遭贬谪，却依然心系家国，为晚唐的前途与命运忧心忡忡，这高度体现出诗人强烈的责任意识与深沉的家国情怀。"

"这首怀古抒情的诗歌写得真好！三国归一，这是历史必然！"空空深有同感。

〔家国情怀名句〕

人世几回伤往事，山形依旧枕寒流。
今逢四海为家日，故垒萧萧芦荻秋。

〔朗诵指数〕

5.0

今逢四海为家日，故垒萧萧芦荻秋。

第十三站　安徽滁州

宝剑

[诗词心能量]

"环滁皆山也。其西南诸峰,林壑尤美,望之蔚然而深秀者,琅琊也。山行六七里,渐闻水声潺潺,而泻出于两峰之间者,酿泉也。峰回路转,有亭翼然临于泉上者,醉翁亭也。"看着前方的醉翁亭,空空激动地高声吟诵。

禅师、本本和空空在亭中坐下,周边林木青翠,鸟鸣山幽,清风徐来,使人倍觉惬意。

"知道'环滁皆山也'的故事吗?"禅师问空空。

"还好来之前做足了功课。"空空心里暗喜,信心十足地回答,"欧阳修写完《醉翁亭记》后,到处征求他人意见,有一天遇到一位樵夫,便读给他听,当读到'环滁四面皆山,东有乌龙山,西有大丰山,南有花山,北有白米山'时,樵夫打断他说:'东南西北那么多山,我上山打柴,站在南天门,放眼一望,四周都是山……'欧阳修豁然开朗,将这段文字画掉,首句仅剩'环滁皆山也'五个字,言简意赅,气势非凡。"

"好!"禅师高兴地说,"古代文人惜字如金,作为北宋文坛领袖，欧阳修的文章和诗词在当时被视为极品，受到文人雅士追捧。他每写完一篇文章，便贴在墙上反复推敲修改，直到满意为止。欧阳修晚年在亳州任太守，经常将自己平生所写文章拿出来修改，每字每句反复斟酌，极为认真，甚至为此废寝忘食。他的夫人笑他：'如此反复修改，难道怕老先生责怪？'欧阳修回答说：'不怕先生骂，却怕后生笑。'一句'却怕后生笑'足以体现其治学之严谨，值得我们学习。"

本本和空空不约而同地点头。

"本本，谈谈欧阳修？"禅师笑呵呵地对本本说。

"欧阳修散文中，广泛流传的除了《醉翁亭记》，还有《秋声赋》《卖油翁》。欧阳修支持以范仲淹为首的革新派推行庆历新政，为此受到保守派打击，仕途坎坷，但贬官不贬志，欧阳修始终保持着一颗济世安民、兼爱天下的赤子之心。他刚劲正直，忠贞报国，曾在诗中写道：'一官诚易了，报国何时毕。……孤忠一许国，家事岂复恤。'他认为为官者应以民为本，强调'仁当养人'。欧阳修在滁州期间，除了《醉翁亭记》，他还创作了一首诗歌《宝剑》。这是一首借物言志诗，通过对宝剑的咏叹，歌颂了革新派爱国卫国的壮志豪情，可以说是诗人真实的自我写照。我先朗诵一遍：

宝剑

〔北宋〕欧阳修

宝剑匣中藏，暗室夜常明。
欲知天将雨，铮尔剑有声。

> 神龙本一物，气类感则鸣。
> 常恐跃匣去，有时暂开扃。
> 煌煌七星文，照曜三尺冰。
> 此剑有人间，百妖夜收形。
> 奸凶与佞媚，胆破骨亦惊。
> 试以向星月，飞光射欃枪。
> 藏之武库中，可息天下兵。
> 柰何狂胡儿，尚敢邀金缯。

此诗大意是：宝剑藏在匣子中，到夜里，它常常发出光芒，照亮暗室。这把宝剑是神龙所化，天将下雨之时，它能感应到神龙气息而发出铮铮响声。宝剑不甘深藏于匣中，常有脱匣而出之势，偶尔打开匣子，只见宝剑晶莹雪亮，剑身刻镂着北斗七星，光芒灼灼，映照三尺寒冰。人间有此宝剑，妖邪夜里也遁形。它能肃清奸佞，扫除外敌，使之胆破骨惊。执剑指向天空，剑光直射彗星。君王若能善用宝剑，便可以平息天下战乱。那时，猖狂自大的西夏与辽，怎敢再来勒索金银与丝绢！"

"厉害！本本哥哥是吾师！"空空对着本本抱拳赞叹。

"说得好！"禅师满意地点点头，"欧阳修忠贞不屈的人格精神值得我们学习，他对人才的厚爱与培养也让人尤为激赏。'唐宋八大家'里其他五位北宋文学家都曾得到他的培养或推荐。欧阳修和王安石政见不同，但他在《荐王安石吕公著札子》中赞扬王安石'德行文学，为众所推，守道安贫，刚而不屈'。欧阳修和吕夷简是政敌，他也在《荐王安石吕公著札子》中高度评价吕夷简的儿子吕公著'器识深远，沉静寡言，富贵不染其心，利害不移其守'。欧阳修心胸之广阔，气度之宏大，非常人所能及。"

"一代文宗，百世之师。"本本感慨道。

三人静坐于亭中，刹那间，星星点点的雨落在土地上，黛绿的山，缥缈的云，灰蒙蒙的天，恰好构成一幅素净淡雅的水墨画，引人思绪飘飞到千百年前，追忆一代文宗的赤子丹心。

〔家国情怀名句〕

宝剑匣中藏，暗室夜常明。

〔朗诵指数〕

4.7

宝剑匣中藏，暗室夜常明。

第十四站　安徽亳州

蒿里行

[诗词心能量]

　　禅师、本本和空空来到诗词游历的第十四站：安徽亳州。

　　第二天早上，一行三人来到曹操公园，参观完曹操纪念馆后，三人在公园的凉亭坐下。道旁的花儿开得正艳，空气里弥漫着馥郁花香，微风带着露水的潮气，悠悠地吹，吹得枝叶喃喃细语，吹得三人好不惬意。

　　"本本、空空，对于曹操，你们怎么看？"禅师微笑问道。

　　"我看过《三国演义》，曹操是大枭雄，心狠手辣。"空空抢先说。

　　"我读过《三国志》，我喜欢曹操，他是一个伟大的政治家、军事家、文学家。"本本望了空空一眼。

　　"我不信，禅师，请您说说。"空空不服气。

　　"你们两个人读的书籍不同，对曹操印象差异很大，这很正常。"禅师望着本本和空空说，"《三国演义》是一部文学作品，书中每个人物身上都投射了作者罗贯中的个人感情。《三国演义》总体上是贬抑曹操的，奸诈、自私、残酷，这是《三国演义》给予曹操的人物形象设定。"

禅师闭目片刻，睁开眼睛说："《三国志》是二十四史之一，由西晋史学家陈寿所著，是一部正史，它完整地记叙了自汉末至晋初近百年间中国由分裂走向统一的历史全貌。与《三国演义》相反，《三国志》则倾向于褒扬曹操，对曹操评价很高。"

"那我们应该以哪本书为依据来评价曹操呢？"空空打断禅师，急切问道。

"当然是《三国志》，因为它是正史；《三国演义》是文学作品，我们不能根据小说的人物形象去评定真实的历史人物。"本本对空空说。

"本本说得对。"禅师接着说，"曹操是一位了不起的人物，外定武功，内兴文学，他还是建安文坛的领袖。"

"哇！厉害！"空空渐渐心悦诚服。

"曹操非常热爱文学，他御军三十余年，手不离书。曹操爱作诗，登高必赋。"禅师说。

"我知道《观沧海》，'东临碣石，以观沧海'。"空空忍不住插嘴。

"继续呀。"禅师笑着对空空说。

"其他诗句一下子想不起来啦！"空空憨态可掬。

"曹操留存下来的文集比较多，诗歌有十几首，其中最出名的诗歌有四首，《观沧海》《龟虽寿》《短歌行》《蒿里行》。"禅师转头望向本本，"这四首你都会背吗？"

"前面三首我会背，《蒿里行》今天第一次听到。"本本羞愧地低下头。

"你们要把《蒿里行》背下来,这首诗充分表现了曹操忧国忧民的情怀。"禅师语重心长地说。

"禅师,我也没听过《蒿里行》。您背诵一遍给我们听吧。"空空急切地说。

"好。"禅师沉思片刻,缓缓地吟诵:

蒿里行
〔东汉〕曹操

关东有义士,兴兵讨群凶。
初期会盟津,乃心在咸阳。
军合力不齐,踌躇而雁行。
势利使人争,嗣还自相戕。
淮南弟称号,刻玺于北方。
铠甲生虮虱,万姓以死亡。
白骨露于野,千里无鸡鸣。
生民百遗一,念之断人肠。

"禅师,请您讲诗词故事。"空空满怀期待地看着禅师。

"此诗大意是:汉末董卓专政,各州郡的义士奋起讨伐,他们的初心是效法周武王在盟津会师伐纣,同心协力到长安讨伐董卓。眼看铲奸除恶形势大好,不料'利'字当头,联军内部竟搞起了分裂——袁绍欲在北方谋立刘虞为帝;袁绍的堂弟袁术则在淮南自立为帝。于是,人心开始涣散,众军队各有打算,互相观望,犹豫不前,甚至自相残杀。"

禅师停顿下来,望着眼前两位小友,继续说:"联军偏离了忠义的初心,袁绍、韩馥、公孙瓒等人开始了长期的军阀混战。战争让将士和老百姓苦不堪言:将士长期作战不脱铠甲,身上长出了虮虱;无辜的百姓死亡惨重,百不余一。一具又一具尸骨袒露在路边,无人收埋;方圆千里人烟断绝,连鸡鸣都听不到。一想到这些,真叫人哀愁断肠!"

"可恶!可恨!"空空满腔愤懑。

禅师点点头:"曹操年轻时就不满东汉腐朽统治,立志改革。董卓之乱后,曹操义愤填膺,心系家国,旋即抛弃高官和荣华富贵,倾其家产,招募义兵,讨伐乱贼。《蒿里行》是一首纪实诗,通过白描的手法形象地记录了汉末军阀纷争割据、民不聊生的场景。全诗充满了作者对劳动人民的同情,表达了对军阀挑起战争的愤怒和批判。

"曹操还是一位具有远见的政治家。他统一北方后,为恢复因战乱而被破坏、被摧残的文化教育事业,颁布了《修学令》,积极兴办学校;为挽救社会道德,颁发了《整齐风俗令》,要求邻里团结,禁止百姓相互仇杀。"

"你还认为曹操是枭雄吗?"本本问空空。

"曹操不是枭雄,他是悲天悯人的大英雄!"空空赞叹道。

〔家国情怀名句〕

铠甲生虮虱,万姓以死亡。
白骨露于野,千里无鸡鸣。
生民百遗一,念之断人肠。

〔朗诵指数〕

4.5

白骨露于野,千里无鸡鸣。

白马篇

[诗词心能量]

"空空,建安'三曹'是哪三位?"禅师突然对空空发问。

"曹操、曹丕、曹植。"空空有点得意。

"本本,你同意空空的答案吗?"

"是的,我同意。"

"论才气,你觉得他们父子三人哪位名气最大?"

"曹植。"

"说说你的理由?"

"曹操给我的印象更多是政治家、军事家,曹丕是三国时期魏国的开国皇帝,而曹植给我的第一印象是,他是一位杰出的诗人,他的《七步诗》无人不知、无人不晓。"本本不假思索地回答。

"说得很好!"禅师赞许地点点头,接着问,"空空,曹植的名篇还有哪些?"

"我知道的还有《洛神赋》《七哀诗》。"

"这两首会背吗?"

"不会。"空空摇摇头。

"本本,你有补充吗?"禅师转向本本。

"曹植的名篇中,我最喜欢《白马篇》和《梁甫行》。"

"本本哥哥,好崇拜你哦,这两首我都没听说过。"空空向本本竖起大拇指。

"本本,你为什么喜欢这两首诗?"禅师问。

"《梁甫行》描写的是海边逃民的悲惨生活,表现了诗人对下层人民的深切同情。"本本停顿片刻,继续说,"《白马篇》则反映了诗人建功立业的强烈愿望。"

"本本,你把《白马篇》背诵给空空听。"禅师乐呵呵地说。

本本学着禅师平时的样子,闭上眼睛,深呼吸几次,缓缓睁开眼睛背诵起来:

白马篇
〔三国时期〕曹植

白马饰金羁,连翩西北驰。
借问谁家子,幽并游侠儿。
少小去乡邑,扬声沙漠垂。
宿昔秉良弓,楛矢何参差。
控弦破左的,右发摧月支。
仰手接飞猱,俯身散马蹄。
狡捷过猴猿,勇剽若豹螭。
边城多警急,虏骑数迁移。
羽檄从北来,厉马登高堤。
长驱蹈匈奴,左顾凌鲜卑。

弃身锋刃端，性命安可怀？
父母且不顾，何言子与妻！
名编壮士籍，不得中顾私。
捐躯赴国难，视死忽如归。

"背得好！"禅师朝本本点点头，"给我们谈谈你对这首诗的理解？"

"《白马篇》是一首爱国主义诗歌，诗中塑造了一位武艺高超且具有强烈爱国主义精神的少年游侠形象，在国家受到侵略的时候，他将生死置之度外，勇赴沙场，奋勇杀敌，誓死捍卫家国领土。"

"少年游侠！这是我的梦想！"空空忍不住叫起来。

"本本说得好！"禅师赞许道，"这位少年游侠就是诗人曹植理想的化身。"

"本本，你详细讲讲诗中的故事吧。"空空满脸期待地看着本本。

"故事是这样的：一位少年游侠骑着白马向西北飞驰而去。有人见他年纪小小，英姿飒爽，问是哪户人家的孩子，原来是幽州和并州一带的游侠骑士，此行是应召出征。北方传来消息说，外敌屡屡进犯，西北军情告急。'我国边塞要地，岂容敌骑盘桓？'游侠儿即刻策马扬鞭，奔赴西北战场。他自小勤学骑射，练就超群武艺，扬手张弓就能射中飞奔的猿猴，俯身屈膝便能射碎远处的箭靶，身手比猿猴还灵活敏捷，比豹螭还勇猛剽悍。他弓箭傍身，时刻准备着浴血奋战，为国效忠。哪惧刀光剑影？哪念父母妻儿？捐躯赴难、视死如归才是战士的使命！秉持着这样坚定的信念，游侠儿驰骋沙场，奋勇杀敌，击溃了匈奴与鲜卑，虏骑败北而逃，他立下了卓著功勋。"

"年纪轻轻就有如此赤胆忠心，让人肃然起敬！"禅师不禁赞叹。

"真是一位少年英雄呀！听得我好感动。"空空眼里满是崇敬。

"本本，《白马篇》中，你印象最深的是哪几句？"禅师问。

"最后四句。每次读到'弃身锋刃端……视死忽如归'，我都为之感动和振奋。"

"你呢？"禅师望向空空。

"完全同意！本本哥哥学识渊博，明年去参加诗词大会吧。"空空满脸笑意。

〔家国情怀名句〕

弃身锋刃端，性命安可怀？
父母且不顾，何言子与妻！
名编壮士籍，不得中顾私。
捐躯赴国难，视死忽如归。

〔朗诵指数〕

4.7

捐躯赴国难,视死忽如归。

第十五站　江苏兴化

潍县署中画竹呈年伯包大中丞括

[诗词心能量]

"我喜欢江南宅子!"望着前面青砖灰瓦的郑板桥故居,空空兴趣盎然。

"宁可食无肉,不可居无竹。"本本正在欣赏门口左侧的一片竹丛。

郑板桥故居坐北朝南,是一座前后两进式宅院。禅师一行三人进了院门,庭院清幽,两缸荷花摆放在堂屋门前,墙角处种满了郁郁葱葱的毛竹,随风飘荡,竹影在白墙上来回晃动,院子里显得宁静雅致。堂屋内陈列着三副清式茶几与靠椅,堂正中挂着郑板桥的《墨荷图》,两侧木墙挂有郑板桥书法作品,人站在厅前,书香气息扑面而来。

禅师、本本和空空来到客厅右侧的小书斋,房间不大,摆放着一张书桌及两个书架,透过打开的窗户,可见窗外翠竹生机勃勃,煞是好看。

"郑板桥诗友会开始之前,你们每人说一句郑板桥的经典名言。"禅师对本本和空空说。

"难得糊涂！"空空看着书斋墙上挂着的郑板桥的书法作品，不假思索地抢答。

"很机灵啊。"禅师笑逐颜开。

空空得意地笑笑。

"吃亏是福。"本本回答。

"'难得糊涂'和'吃亏是福'是郑板桥人生智慧的总结，人们的烦恼往往源于太聪明。"禅师闭目思考片刻，睁开眼睛继续说，"郑板桥曾经继承他父亲的衣钵，担任过私塾老师，他对读书的认识与体会值得今人学习。"

"嗯？"本本和空空饶有兴趣地听着。

"自隋朝实行科举考试以来，读书的目的是什么？"禅师问空空。

"当然是考取功名。"空空答。

禅师接着说："郑板桥非常反对为功名而读书，他认为读书第一个目的是明理，也就是读书首先要明白事理，以提升道德修养为先。如果读书人一拿起书本，就想着中秀才、中举人、中进士，想着做官后如何攫取金钱购置家业，如此为功名而读书，第一步就迈入了歧途。读书不注重修身立德，这样的读书人做官后只顾中饱私囊，哪管民间疾苦？他们必然成为残害百姓的贪官。"

"嗯，郑板桥说得有道理！"空空完全赞同。

"郑板桥提出，读书一定要读经典。他在家书中一再强调，读书必有所选择，不可乱读。读一本好书，就好比与智者交谈，能受益良多。相反，读一本坏书，近墨者黑，读了还不如不读。"禅师停顿一下，看着本本和空空，"郑板桥对于读经典、读好书的建议在当今社会尤其重要。人的一生时间有限，而书籍的种类和数量近乎无限。我们应该在有限的时间里，多读经典，读那些经岁月筛选流传下来的书籍。"

本本和空空听得津津有味，点头称是。

"郑板桥关于读书的第三点建议是读书要有特识，也就是读书要敢于存疑，敢于有自己的独特见解。书中有真理，也可能有谬误，因此在读书过程中，不能尽信书，尽信书则不如无书。"

"禅师，这是孔子之言'学而不思则罔'的意思。"空空忍不住插话。

"对！"禅师向空空投去赞赏的目光，"第四点建议是'书外有书'。郑板桥认为读书不能拘泥于书本，要善于从书本之外获取知识，从生活实践中获取智慧。"

"郑板桥是一名杰出的画家，他画什么最为人所知？"禅师突然发问。

"竹子！"空空抢答。

"谁教他画竹子？"禅师追问。

"不知道。"空空摇摇头。

"大自然是他的老师，郑板桥名震中外的墨竹画是他从生活中学到的本领。"禅师望向窗外摇曳的翠竹，"郑板桥自幼与竹子为伴，庭院中种植了大量竹子，他在窗下读书时，竹影映照在窗纸上，形成一幅天然墨竹画。风吹影动，竹子呈现出各种姿态，于是郑板桥认认真真地勾勒窗纸上一幅幅竹影图，反复练习，无师自通。郑板桥晚年曾回忆他学画竹的经历：'凡吾画，无所师承，多得于红窗粉壁日光月影中耳。'"

"了不起!"空空的眼里充满崇拜。

"郑板桥诗友会现在开始,每人朗诵一首郑板桥的诗歌,要有'竹'字。"禅师微笑地看着眼前两位小友。

"我先来。"空空举起手,"我朗诵一首《新竹》。"

新竹高于旧竹枝,全凭老干为扶持。
下年再有新生者,十丈龙孙绕凤池。

"不错!"本本抱拳致意,"我分享的是《潍县署中画竹呈年伯包大中丞括》,也称《墨竹图题诗》。"

本本挺直胸膛,眼睛微闭,吟诵起来:

潍县署中画竹呈年伯包大中丞括
〔清〕郑板桥

衙斋卧听萧萧竹,疑是民间疾苦声。
些小吾曹州县吏,一枝一叶总关情。

"这是一首题画诗,创作于郑板桥任山东潍县县令期间。郑板桥曾画过一幅《风竹图》呈送山东巡抚包括,此诗即是题写在这幅画上。诗词大意是:我在衙门里休息,听见窗外竹叶飒飒作响,那声音仿佛是老百姓在饥寒中挣扎时发出的疾苦哀鸣。虽然我的官职卑微,但老百姓的每一件小事都牵动着我的心。"

"说得好!说说郑板桥在潍县任县令的经历?"禅师望着本本。

"郑板桥出生在落泊的书香家庭,自小过着清贫生活,对穷苦人民有深厚感情。他在潍县担任县令七年,当地连续五年遭遇旱涝等自然灾害,抗灾救灾成了郑板桥在潍县为官的主要任务。有一年潍县遇到大旱灾,老百姓穷困挨饿,出现了饿死人、人吃人的现象。目睹这人间惨状,郑板桥一面向朝廷据实禀报灾情,请求赈济,一面打开官仓向灾民发放粮食。手下人劝他等到上级批准后再开仓济民,郑板桥正色道:'此何时?俟辗转申报,民无孑遗矣。有遣,我任之!'(《清史稿·郑燮传》)意思是说,等到层层报批,延误了时日,恐怕老百姓都饿死了,还要我这个县令干什么?上面降罪下来,我一人承担!与此同时,郑板桥将自己的俸禄捐给百姓买粮,并动员有粮有钱的大户煮粥救援。在郑板桥积极协调之下,潍县人民终于渡过了大难关。郑板桥辞官还乡时,潍县老百姓在街边痛哭挽留。郑板桥一心为民,深受百姓爱戴,人们为他修建了生祠,纪念并感激他。"

"太棒了!本本的阅读量真大!"禅师朝本本竖起大拇指夸赞。

禅师似乎想起了什么,看着本本和空空语重心长地说:"郑板桥一生以民为本,他深谙劳苦民众的疾苦和稼穑耕织的艰难,因此对农民百姓倾注了满腔真情。他在《范县署中寄舍弟墨第四书》中说:'我想天地间第一等人,只有农夫。农夫上者种地百亩,其次七八十亩,其次五六十亩,皆苦其身,勤其力,耕种收获以养天下之人。使天下无农夫,举世皆饿死矣。''农夫第一'的思想让郑板桥与农民百姓紧密相连,为官十二年间,他常常身着便服,脚穿芒鞋来到农田里,了解农民耕作,关心农业生产。郑板桥在给家人的书信中明确提出,地主和佃户的关系不是主奴关系,而是主

第十五站 江苏兴化 / 155

客关系,彼此要平等,要相互尊重。"

"郑板桥仁爱与平等的精神值得我们学习。"本本动容地说。

〔家国情怀名句〕

衙斋卧听萧萧竹,疑是民间疾苦声。
些小吾曹州县吏,一枝一叶总关情。

〔朗诵指数〕

4.8

衙斋卧听萧萧竹,疑是民间疾苦声。

第十六站　江苏昆山

精卫·万事有不平

〔诗词心能量〕

"好漂亮的江南水乡！"走进千灯镇，空空被眼前的小桥流水人家迷住了。

"我们先去参观顾炎武纪念馆。"禅师摸摸空空的头。

禅师一行三人走过长长的石板街，来到一座古香古色的明清建筑面前。

"好美的故居！顾炎武祖先肯定很有钱！"空空笑着说。

"明朝那时，顾家在昆山属于名门望族，是千灯镇三大户之一。"本本说。

禅师一行进入顾炎武故居，故居为顾炎武纪念馆主体，是典型的五进江南古建筑，整座建筑散发着古代大户人家的清雅大气。明厅（正厅）是顾家主要议事厅堂，亦称楠木大厅，中堂上方挂有匾额"贻安堂"，下方挂有四幅字画，左右两侧一副抱柱对联曰"宜尔子孙位业木公金母，受于兄弟才华季虎头龙"，给人一种乾坤朗朗、光明磊落之感。

"禅师，这副对联是什么意思？"空空问。

"此联是顾炎武好友朱彝尊所作，上联的意思是父母长寿、子孙兴旺，下联大意为兄弟友爱、才华超群。"

"中国传统文化太重要了，不学真看不明白。"空空自言自语。

三人依次参观明厅后面的顾炎武事迹展厅、亭林祠、顾炎武墓，随后来到顾园山坡"秋山亭"坐下，欣赏眼前景致。草木青翠，亭台错落，曲水环绕，粉墙黛瓦，纪念馆优雅别致的江南私家园林让人心里祥和宁静。

"禅师，我们去过不少纪念馆，这座纪念馆特别完整。"空空说。

"嗯。你来谈谈体会？"禅师笑着对空空说。

"以前不了解顾炎武，今天到此一游，才晓得他的家乡如此美丽，他的祖业如此丰厚。随着清军南下，他毅然投笔从戎，加入以金都御史王永祚为首的一支义军，参加了苏州收复战、昆山保卫战，可惜兵力悬殊，两场战斗均以失败告终。昆山失守后，顾炎武生母何氏被清兵砍断右臂，两个弟弟被清兵杀害，顾炎武本人因在常熟而幸免于难。不久常熟陷落，顾炎武嗣母王氏闻变后悲痛不已，绝食殉国。"

空空停下来，看着顾园的湖水，若有所思，接着说："出师不利，家庭蒙难，并没有阻止顾炎武抗清的步伐，他做了一件大事！"

"什么大事？"本本见空空卖关子，追问道。

"这件大事是改名！顾炎武本名绛，字忠清。清军占领南京后，顾炎武对他原有的名字十分反感，'顾绛'中的'绛'是'降'的谐音，听起来别扭，'忠清'更有忠于清廷的嫌疑。于是顾炎武决定改名，因赞赏文天祥幕僚王炎午宁死不降的反抗秉性，故改名为'炎武'。南明政权定都金陵，金陵简称'宁'，顾炎武取字为'宁人'，表达了甘当明朝臣民的意愿。"

"有志气!"本本竖起大拇指。

"空空同学参观很细致,记忆力好,说得很棒!"禅师赞赏道。

"我是临时抱佛脚,该本本哥哥出场啦。"空空眼看说不下去了,赶紧话锋一转。

禅师也把目光投向本本。

本本笑了笑,说:"顾炎武让我印象深刻的是他的治学方法、治学态度和爱国精神。他一生奉行继祖父的教诲'读书不如抄书',读一遍书与抄一遍书记忆程度大为不同,大文豪苏轼年少时亦喜欢抄书,抄书的家风为顾炎武奠定了扎实的学术基础。科举失败后,顾炎武决定不再考取功名,立志安心读书。四十五岁那年,顾炎武离开家乡北上游学,辗转山东、陕西、山西、北京等地,结交有识之士,考察山川地理、风土人情,完成了'行万里路,读万卷书'的伟大壮举,取得了丰硕的学术研究成果,成为一代学术宗师。"

"顾炎武一生著作达一千二百万字。"禅师补充道。

"一千二百万字!相当于多少本《西游记》?"空空惊讶地瞪大眼睛。

"顾炎武三十六岁那年,根据《山海经》里精卫鸟的故事创作了一首诗《精卫·万事有不平》,借以表达自己坚定的反清意志。"本本站起来,凝神聚气,高声朗诵起来:

精卫·万事有不平

〔明〕顾炎武

万事有不平,尔何空自苦。

长将一寸身,衔木到终古?
我愿平东海,身沉心不改。
大海无平期,我心无绝时。
呜呼!君不见,
西山衔木众鸟多,鹊来燕去自成窠。

"此诗大意是:世间总有不公平的事情,你何必辛苦去填海?以你一寸的身躯,衔着小木枝填海,什么时候才是尽头?我向你学习,也来填东海,即使沉没于大海中我也不停止,东海一日不填平,我填海之心便一日不改。呜呼!你没看见西山那些衔着木枝的鸟,都在忙着筑自己的安乐窝呢。"

"此心昭日月啊!"空空感慨道。

本本朝空空点点头,继续说:"江南反清失败没有磨灭顾炎武的斗志,他北上治学的同时也在秘密联系爱国志士,通过著书立说抨击腐败的清廷,弘扬民族正气。顾炎武提出的'天下兴亡,匹夫有责'(梁启超归纳为此八个字)已经成为代代相传的爱国名句,它激励了多少志士仁人将国家和民族的命运与个人命运紧密相连,它像一束光,照亮了神州夜空。"

"本本哥哥真有才!说得真好!"空空敬佩地说。

断霞低映,水软山温,三人置身于水天一色的幽雅氛围中,静静地品味着顾炎武的家国之思。

〔家国情怀名句〕

我愿平东海，身沉心不改。
大海无平期，我心无绝时。

〔朗诵指数〕

4.8

我愿平东海，身沉心不改。

壬戌清明作

〔诗词心能量〕

午后的顾园,枝叶扶疏,阳光透过叶间的缝隙,斑驳的影子在清风中摇曳,一切静谧得让人心安。

"有一位比顾炎武小十七岁的岭南诗人,他崇拜顾炎武,一生经历和顾炎武也很相似,你们知道是谁吗?"禅师问。

"不知道。"空空摇头。

"没印象。"本本也摇摇头。

"当过僧人的。"禅师摸摸自己的头,笑着提示。

"哦,我想起来了,他是屈大均。"本本答道。

"本本哥哥这也知道?"空空睁大眼睛,"我第一次听到'屈大均'这个名字。"

"心在哪里,收获就在哪里。"禅师瞥了空空一眼,"本本在诗词学习方面花了很大力气,自然比你多懂一些,你努力也能做到。"

"本本哥哥一直是我的榜样。"古灵精怪的空空真诚地说。

"本本,给我们谈谈屈大均?"禅师望向本本。

"屈大均生于崇祯三年(1630),其父屈宜遇年幼时家境贫寒,被广东南海一户邵姓人家收养,故屈大均亦从邵姓,原名邵龙。十七岁那年他跟随父亲回到家乡番禺沙亭,归原籍番禺,恢复屈姓,更名大均。屈大均一直以屈原后人自诩,'大均'二字寄托了以此名厚养精神及勉励自己将屈原爱国风雅发扬光大的人生追求。屈大均字'泠君',与屈原字'灵均'谐音,更是表达了追随屈原爱国心志的愿望。屈大均曾起号'非池',含有龙非池中物之意,对自己的前程寄予厚望。"

"哦哦!顾炎武改名,屈大均改名,相似!"空空点点头。

本本朝空空笑了笑,继续说:"屈大均的父亲屈宜遇是一位爱好读书的郎中,家里只要有钱,他都拿去买书。他曾对屈大均说:'吾以书为田,将以遗汝,吾家可无田,不可无书。汝能多读书,则是厥父播,厥子耕耘,而有秋可期矣。'在父亲严格督促下,屈大均刻苦读书,加上天资聪慧,他少时便显诗才天赋。"

"说得好!家庭教育对一个人的成长真的很重要!"禅师赞叹道。

"顺治三年(1646)冬,清兵攻陷广州,烧杀抢掠,百姓蒙难,屈大均跟随老师陈邦彦参加反清战斗,以失败告终。1650年,为避免清廷剃发易服迫害,屈大均在番禺海云寺落发为僧。"本本双手合十。

"聪明!"空空笑笑。

"屈大均出家,实为无奈之举,他并不是真正意义上的出家人，而是披上了袈裟的儒生。他在寺庙中把自己的居所称为'死庵'，表达了誓死不臣服于清廷的意志。"禅师补充道。

本本点点头，继续说："顺治九年（1652），三十三岁的屈大均以化缘为名开始第一次北游，先后到达南京、扬州、北京、西安等地。与顾炎武一样，屈大均一路上考察山川地形，联络明朝遗民志士，以图恢复。"

"哇！屈大均和顾炎武的经历太像了。对了，他俩见过面吗？"空空问。

"见过！康熙五年（1666）六月，屈大均抵达代州（今山西忻州市代县），见到了景仰已久的顾炎武，两位有着共同理想和追求的爱国志士一见如故，成为莫逆之交，两人诗歌唱和成为美谈。"

"哦？恍如白居易与刘禹锡在扬州相见？"空空笑了起来。

"相见恨晚！"本本故意加大声音，"顾炎武为屈大均赋诗一首《屈山人大均》，诗曰：

弱冠诗名动九州，纫兰餐菊旧风流。
何期绝塞千山外，幸有清樽十日留。
独漉泥深苍隼没，五羊天远白云秋。
谁怜函谷东来后，班马萧萧一敝裘。

屈大均和诗一首，名为《送顾宁人》：

雁门北接尝山路，尔去登临胜概多。

天上三关横朔漠，云中八水会浑河。
飘零且觅藏书洞，慷慨休听出塞歌。
我欲全箱图五岳，相从先向曲阳过。

屈大均一生四次北游，历时二十余年，被誉为'广东徐霞客'。他曾协助郑成功进军南京，随着各地抗清战斗相继失败，屈大均心里明白复明无望，继而以诗歌为武器寄托爱国豪情壮志，抒发对祖国锦绣山河落入异族的悲愤心情，同时大胆揭露清廷残杀百姓的恶行，激励后人勿忘国耻。其中诗作《壬戌清明作》表达了屈大均面对抗清复明前景无望的哀伤、苦闷与惆怅，我来朗诵一遍。"本本站起来诵道：

壬戌清明作

〔明〕屈大均

朝作轻寒暮作阴，愁中不觉已春深。
落花有泪因风雨，啼鸟无情自古今。
故国江山徒梦寐，中华人物又销沉。
龙蛇四海归无所，寒食年年怆客心。

"此诗创作于康熙二十一年（1682）清明，屈大均当年六十三岁。诗词大意是：早晨有一丝丝寒意，黄昏还是那么阴凉，愁苦中竟未发觉暮春时节已到。落花含泪飘零，只因风雨摧残。啼鸟日日鸣叫，哪管春去冬来。大明江山只能在梦里相见，抗清首领一个个离开人间，天下之大竟没有爱国志士的立足之地。每逢清明时节，想到那些因抗清战斗而牺牲的人们，我的内心是多么悲凉。"

"说得好!"禅师朝本本竖起大拇指,"小小年纪有如此见地,的确下了苦功。"

"赞同!我的诗词知识如果能像本本哥哥那样深厚,该多好啊!"空空满脸的崇拜。

"那得看你下多少苦功!"禅师拍拍空空的肩膀。

〔家国情怀名句〕

故国江山徒梦寐,中华人物又销沉。
龙蛇四海归无所,寒食年年怆客心。

〔朗诵指数〕

4.9

故国江山徒梦寐,中华人物又销沉。

第十七站　浙江台州

韬铃深处

〔诗词心能量〕

禅师一行三人来了诗词游历的第十七站：台州淑江戚继光纪念馆。

三人站在仿宋建筑五开间重檐歇山顶面前，前殿上檐匾额"民族魂"、下檐匾额"功昭日月"格外显眼。

"戚继光纪念馆有两个，另外一个在他的家乡山东蓬莱。"禅师对本本和空空说。

"这首诗我背过。"空空指着面前木刻的戚继光诗词——《马上作》，开始念道，"南北驱驰报主情，江花边月关平生。一年三百六十日，多是横戈马上行。"

"这首短诗是戚继光南下抗倭、北上守边保家卫国的真实写照。"空空满怀敬意地说。

"先进大殿参观吧。"禅师说。

大殿正中央摆放着戚继光身着戎装塑像，他凛冽的眼神似乎在凝视着台州海域万顷波涛，塑像上方挂着"碧海丹心""威镇海疆"两块牌匾，表达了人们对戚继光抗倭功勋的赞美。

大殿两旁偏殿有两个陈列室,以文献、文物、照片、模型等多种方式展现戚继光的抗倭史迹。

"我最喜欢参观名人纪念馆了,它像行走的图书馆,每参观一处,都让我对该名人的生平多了解一分,不枯燥,长知识!"参观完毕,空空心满意足地说。

禅师伸出左手摸摸空空的头:"咱们来漫谈民族英雄戚继光,你先说说参观体会?"

"我印象最深的是戚继光父亲戚景通对他的启蒙教育。"被禅师点名第一个发言,空空眉飞色舞,愉快地畅谈起来,"戚景通是一名武艺高强、品格高尚的武官,平时爱好读书,他不仅传授戚继光武艺,而且用心指导戚继光读书。有一次,戚景通问年少的戚继光对今后的前途有何打算,戚继光回答说'志在读书、习武'。戚景通说光是这样不够,必须要明白'忠孝廉节'这四个字的道理,要树立保家卫国、廉洁奉公、注重大节等品德。为把戚继光培养成才,戚景通聘请了满腹经纶的名师梁玠担任戚继光的启蒙老师,在父亲和梁玠的悉心培养下,戚继光进步很快,文韬武略,少有大志。"

"不错!参观很认真,值得表扬!"禅师乐陶陶,替空空的进步感到高兴。

"参观之前,我做了一些功课,梁玠对戚继光言传身教的小故事也让我印象尤深。"空空不无骄傲地说,"戚继光拜师后,梁玠到戚继光家里为他讲课。第一天上课结束,天色已晚,懂事的戚继光见先生上课辛苦,端来了稍微好点的饭菜请老师吃晚饭,不料却受到梁玠斥责。梁玠对他说:'你父亲为官清廉,家道清贫,你怎么可以擅自花钱为我准备晚饭？我来给你上课，是希望你成才，不是为了吃你这顿饭！'说完满脸不高兴地离去。戚继光顿时脸红耳赤，从此再也不敢为老师备饭。"

"多么正直高尚的老师！"本本由衷感叹。

"禅师，您给我们讲讲戚继光的故事吧！"空空朝禅师双手合十。

禅师思索片刻，说："戚继光一生战功彪炳，二十八岁奔赴东南前线，抗击倭寇十二年，转战三千多公里。凭借杰出的军事指挥才能以及戚家军的英勇无敌，戚继光取得了'岑港之战''台州之战''福建之战''卫海平之战''仙游之战'等对倭战斗的绝对胜利，基本肃清了近二百年来一直威胁东南沿海安全的外来势力。倭患平息后，隆庆元年（1567），四十岁的戚继光奉命北上守卫边防重镇蓟州。面对北方鞑靼强敌，戚继光严格治兵练兵，迅速提高了军队战斗力，另外修筑防御工事，创造及改进各种武器。戚继光抗击朵颜部、兀良哈部两次入侵取得大捷，使其闻'戚'色变。在戚继光镇守蓟州十五年间，强悍的鞑靼不敢入侵蓟州半步。"

"威武之师啊！"空空赞叹。

"在十六世纪，戚继光是世界军事史上罕见的常胜将军，他一生率军参与大小战役一百多场，无一败绩，且常常以少胜多。尤为难得的是，在军事繁忙之中，戚继光还勤奋学习古代名家军事理论和思想，结合自己的战斗实践，写下《纪效新书》和《练兵实纪》两部军事名著，丰富并发展了中国古代军事思想。"

"太了不起了！民族的骄傲！中国人的自豪！"空空赞

不绝口。

"戚继光一生成就卓越,与他年少立大志密不可分。"禅师接着说,"受父亲和梁玠言传身教影响,戚继光熟读儒家经典,在儒家思想的熏陶下,出生在武官世家的戚继光自小就有强烈的报国志向,誓以守卫边疆安全为己任。戚继光十七岁那年担任世袭的登州卫指挥佥事,表面上生活安宁平静,但怀有远大理想的戚继光已经将目光放在了更远的地方。嘉靖年间,中国沿海各地倭患严重,倭寇所到之处,烧杀抢劫不断,民不聊生,戚继光对此深感忧虑,立志清除倭寇之患,赋诗《韬钤深处》以明志。"

禅师望着本本和空空:"你们俩谁来朗诵此诗?"

空空低头不语,本本见状便道:"我来试试。"说完,他挺直腰板,高声吟诵道:

韬钤深处

〔明〕戚继光

小筑暂高枕,忧时旧有盟。
呼樽来揖客,挥麈坐谈兵。
云护牙签满,星含宝剑横。
封侯非我意,但愿海波平。

"很好!给我们说一下诗词大意?"禅师看向本本。

"这首诗大意是:我暂时在小楼上过着高枕无忧的生活,但始终没有忘记倭寇侵扰海疆。老朋友到访,边饮酒边谈论兵事,好不痛快!兵书满屋,宝剑傍身,我已经为上阵杀敌做好了准备。不为功名利禄,只为扫清倭寇,让海疆恢复和平。"

"好!真不愧是少年诗词达人。"禅师拍拍本本肩膀,意味深长地对本本和空空说,"在人的一生当中,家庭教育尤为重要。少年时期应多读圣贤之书,注重自身品德修养,自小要有远大志向,不为名利只为国家。"

本本和空空轻轻点头,反复回味着禅师的话。

[家国情怀名句]

封侯非我意,但愿海波平。

[朗诵指数]

4.8

封侯非我意,但愿海波平。

第十八站 浙江绍兴

夜读兵书

[诗词心能量]

八月中旬,禅师和本本、空空一行三人到达游历的第十八站:绍兴,著名的江南水乡。

"本本、空空,咱们在绍兴街头走路得轻点,不要惊醒了八百多年前沉睡在这里的一位诗人。"禅师笑着说。

"嗯?"空空好奇发问,"哪一位诗人?"

"明天告诉你。"禅师卖了个关子。

第二天一早,禅师、本本和空空来到了沈园。"噢!我知道啦,那位诗人是陆游!"空空神采飞扬。

"为什么到沈园就想起了陆游?"禅师问空空。

"陆游在沈园遇到唐琬,写下了著名的《钗头凤·红酥手》。"空空得意地回答。

"很好!"禅师望着空空,"当我们谈起陆游,第一印象是什么?"

"爱国诗人。"空空说,"我特别崇拜陆游。"

"背一首陆游的爱国诗歌?"禅师微笑着对空空说。

"我背一首陆游的《夜读兵书》。"空空朗诵起来:

夜读兵书

〔南宋〕陆游

孤灯耿霜夕,穷山读兵书。
平生万里心,执戈王前驱。
战死士所有,耻复守妻孥。
成功亦邂逅,逆料政自疏。
陂泽号饥鸿,岁月欺贫儒。
叹息镜中面,安得长肤腴?

"太棒了!"沉默许久的本本鼓掌道。

"空空,试试用现代诗歌形式来解读这首《夜读兵书》吧!"禅师低眉含笑地说。

"我不行,本本哥哥,你来吧!"空空望着本本。

"行,我试试。《夜读兵书》是陆游早期的爱国诗篇,他在诗中自述研读兵书时的心境和情怀。"本本闭目沉思片刻,张开双眼,吟诵起现代诗:

秋夜深深,山林寂寂。
屋内孤灯如豆,男儿正在苦读兵书。
欲问我平生志向,无非驰骋疆场,为国效忠!
金人夺我大好河山,我辈岂能偏安一隅?
是男儿,就不当厮守妻儿,弃报国之志。
是战士,就不惜血染沙场,马革裹尸还。
成败难料,前程未卜,顾只顾,勇往直前!
中原大地上,苦难的人民饥寒交迫。
岁月无情地流逝,可叹我日渐枯槁。

如何才能永葆青春，助我实现万丈雄心！

"好！"禅师抚掌大笑，为本本的惊艳发挥感到自豪。

"本本哥哥不愧是少年诗词达人，诗才了得！"空空佩服得五体投地。

"本本哥哥，这首诗歌是哪一年创作的？"

"此诗作于绍兴二十五年（1155），陆游三十一岁。绍兴二十三年，陆游赴临安参加锁厅试，获得了第一名。绍兴二十四年，他参加礼部考试仍得第一，但陆游在试卷中'喜论恢复'，得罪了奸相秦桧，以致在殿试中名落孙山，前途受阻。陆游虽一度失意，但马上恢复了豪情壮志，爱国热情更加高涨。陆游回到山阴（绍兴）云门草堂闭门苦读兵书，他内心明白，与其长嗟短叹，抱怨命运不公，还不如发奋读书，练就一身本领。北伐中原，收复失地，是陆游毕生心志，他不会放弃，也不能放弃。"

"'平生万里心，执戈王前驱。'如此壮志，真令人佩服！"空空深受感动，心中的爱国情再度升华。

[家国情怀名句]

平生万里心，执戈王前驱。
战死士所有，耻复守妻孥。

[朗诵指数]

4.9

平生万里心,执戈王前驱。

金错刀行

[诗词心能量]

到达绍兴的第三天,禅师、本本和空空来到了位于鉴湖之滨的陆游故里。

八月的江南,处处绿树成荫,清晨一场大雨,仿佛浇灭了夏日的热气,树叶一片滋润,湖中的荷花开得更加妩媚了。

"我们现在看到的陆游故里是在三山别业遗址上修葺而成的。"禅师说,"名句'山重水复疑无路,柳暗花明又一村'描写的正是此地附近的山西村。"

"'吾庐镜湖上,傍水开云扃。秋浅叶未丹,日落山更青。'这是陆游诗歌《吾庐》里描写三山别业的诗句。"本本说。

"咱们诗兴这么高,烹茶品诗去!"禅师笑着对本本、空空说。

"空空,你这么喜欢陆游,可知他一生理想?"三人坐下后,禅师问道。

"北伐中原,收复失地,这是陆游毕生致力追求的理想。"

"陆游一生最幸福的时光呢?"

"陆游善于养生,在南宋那个年代,他活到了八十六岁,属于长寿者。从三十四岁开始做官,直到在绍兴去世,五十多年的生涯里,陆游得意时期加起来不足六年。这六年当中,尤以宋孝宗乾道八年(1172)三月至十月,陆游在南郑从军的岁月最为欢乐。"

"哦?"禅师微笑地看着空空。

"成为诗人并非陆游本愿,他自小受家庭影响,能文能武,剑术高超,他希望能像岳飞那样上马杀敌,保家卫国。因'喜论恢复',没有得到以宋高宗为首的投降派的重用。宋孝宗一直对陆游青眼有加,赐他进士出身,但宋孝宗更多的是欣赏他才华出众,且陆游议论孝宗旧时门客曾觌一事让孝宗感到不快,因此他最终未被委以重任。"

"可惜了。"本本深感惋惜。

"陆游四十八岁那年,到南郑担任四川宣抚使王炎的幕僚,他兴奋万分,终于等到机会身临前线,成为一名'少年战士'。"

"少年战士?"本本笑问。

空空满面春风,继续说:"去南郑之前,陆游一直'叹老',常常流露出'飘零、憔悴、乡愁、客恨'之感叹:'衰态转眼足'(三十岁时语),'老惯人间齐得衰'(三十四岁时语),'蹉跎鬓已秋'(四十四岁时语),'万里羁愁添白发'(四十六岁时语)。陆游到南郑后,一改之前的萎靡不振之风,他说'念昔少年日,从戎何壮哉''少年颇爱军中乐,跌宕不耐微官缚',处处洋溢着'豪迈、自由、壮快'的激情。"

"哎哟,空空果真是陆游'铁粉',记得这么清楚,了不起!"禅师拍手叫好。

空空受到表扬后更加卖劲:"陆游诗词中有不少反映南郑军旅生活的佳作,我先分享一首《金错刀行》。这首诗朗诵起来振奋人心,请允许我献丑了。"空空声情并茂地朗诵起来:

金错刀行
〔南宋〕陆游

黄金错刀白玉装,夜穿窗扉出光芒。
丈夫五十功未立,提刀独立顾八荒。
京华结交尽奇士,意气相期共生死。
千年史册耻无名,一片丹心报天子。
尔来从军天汉滨,南山晓雪玉嶙峋。
呜呼!楚虽三户能亡秦,岂有堂堂中国空无人!

"这首诗大意是:我手中的刀,由黄金白玉装饰而成,到了夜晚,宝刀发出的光芒穿透窗户,如一道光划破黑暗。我在临安(今杭州)结识了意气相投的朋友,为了保家卫国,我们不惜牺牲自己的生命!如今,我快五十岁了,尚未建功立业,空怀赤胆忠心。每每想到这里,我不由自主地手持宝刀单脚站立,傲视天下,希望能够上阵杀敌!当年楚国仅剩下三户人家都能灭掉秦国,我堂堂中国必有能人志士,率领宋军抗击金贼,收复中原!"

"专注的能量真大,空空可以为吾师了。"禅师对着空空双手合十。

"不敢当,惭愧惭愧。"空空嘴上谦虚,内心挺高兴,他暗暗自喜:"这段时间苦读《陆游诗词选》《陆游传》,收获真不少!"

〔家国情怀名句〕

丈夫五十功未立,提刀独立顾八荒。
京华结交尽奇士,意气相期共生死。
千年史册耻无名,一片丹心报天子。

呜呼!楚虽三户能亡秦,岂有堂堂中国空无人!

〔朗诵指数〕

5.0

丈夫五十功未立,提刀独立顾八荒。

夜泊水村

[诗词心能量]

"陆游字务观,号放翁。'放翁'的称呼从何而来?"禅师放下手中茶杯,似乎有意考考空空。

"南郑军旅生活让陆游获得了新生,随着王炎调回临安担任枢密使,这段长达八个月的军旅生涯竟成了陆游一生念念不忘的记忆。离开前线,陆游先后在蜀州、嘉州(今四川乐山市)、荣州(今四川荣县)担任闲职,满腔热情无处释放,故常常借酒消愁,放浪形骸于酒肆歌楼中。主和派势力指斥他在嘉州期间'燕饮颓放',朝廷因此罢免了陆游知嘉州(嘉州行政长官)一职,一身傲骨的陆游对免职处分反应超人意料:你们认为我颓放,我就取'放翁'为号!他在《和范待制秋兴》诗中写道:'赋我今年号放翁。'"

空空回答完毕,满眼期盼地望向禅师:"禅师,我想分享陆游第二首爱国诗歌《夜泊水村》。"

"好,期待!"禅师满心欢喜。

"《夜泊水村》是陆游在三山别业闲居时所作,当时陆游五十八岁,离开南郑前线已经整整十年。战士不能驰骋疆场,内心是何等悲凉!"空空愤愤不平。

"空空,陆游才华出众,善于借助诗歌来表达爱国深情,为什么他对上阵杀敌有这么强烈的愿望?"本本也抛出问题来考空空。

"好问题!"空空胸有成竹地回答,"这要从陆游的成长经历说起,陆游出生第三年,'靖康之变'爆发,金人攻入开封,掠走宋徽宗、宋钦宗二帝,北宋王朝灭亡。陆游自小跟随父亲陆宰辗转逃难,饱经战乱,耳闻目睹金兵烧杀抢掠、为非作歹。他在《三山杜门作歌》中写道:'我生学步逢丧乱,家在中原厌奔窜。'陆游的小小心灵里,充满了对金人侵略行为的痛恨。小时候在父亲书房里,陆游常常听到父亲与朝中好友谈论国事,众人义愤填膺,大喊'杀贼!杀贼',此情此景让陆游难以忘怀。北伐中原、收复失地的种子深深植入了陆游心坎里,成为他矢志不渝的人生目标。老师曾几刚正不阿、忧民爱民的思想也深深影响了少年陆游,曾经参加过抗金战争的叔父陆宷更是让陆游对习武产生了强烈兴趣。"

空空端起茶杯喝了一口,继续说:"家庭环境影响让陆游不满足于纸上谈兵,他渴望在沙场上实现人生理想,南郑从戎给了陆游一个圆梦的机会。然而在南宋最高统治者求和思想的主导下,陆游注定梦想破碎,报国无门。令人敬佩的是,不论经历怎样的人生际遇,陆游始终不放弃他的理想。淳熙九年(1182)秋天,陆游写了这首《夜泊水村》。"空空站起来,深情朗诵:

夜泊水村

〔南宋〕陆游

腰间羽箭久凋零,太息燕然未勒铭。
老子犹堪绝大漠,诸君何至泣新亭。
一身报国有万死,双鬓向人无再青。
记取江湖泊船处,卧闻新雁落寒汀。

"此诗大意是:我腰间佩带的羽箭日久凋零,只叹边患未平,功业不成,我还没能到燕然山刻石记功。老夫我仍意气风发,犹能驰骋沙场,诸位也不要妥协苟安、与世沉沦哪!我始终坚定着万死不辞的报国志向,无奈青丝变白发,岁月已蹉跎。人生飘零,难忘常年在江湖泊船歇脚,水村早秋的夜晚有丝丝清寒,我长夜未眠,听着汀上刚从北方飞来的大雁叫声。"

"讲得真好!空空威武!"本本由衷赞叹。

"陆游真是一位伟大的爱国主义者!"禅师感叹道,"在封建社会里,忠君和爱国似乎被画上了等号。但陆游不是一味愚忠,他真挚地爱着这个国家、这个民族以及广大人民,为了国家利益,他常常冒犯君主。宋高宗最怕听到'北伐'二字,陆游偏偏'泪溅龙床请北征';宋孝宗非常欣赏他的诗才,他却抓住每一次面圣机会谈论国家大事。"

"和戎壮士废,忧国清泪滴。"空空突然冒出一句。

[家国情怀名句]

老子犹堪绝大漠,诸君何至泣新亭。

一身报国有万死,双鬓向人无再青。

[朗诵指数]

5.0

一身报国有万死,双鬓向人无再青。

五月十一日夜且半梦从大驾亲征尽复汉唐故地

〔诗词心能量〕

"禅师,陆游'泪溅龙床请北征'是怎样的一个故事?"空空问。

"在宋朝有一个轮对制度,官员可以轮流觐见皇上,汇报政事及提出劝谏等。宋高宗绍兴三十一年(1161)九月,三十七岁的陆游第一次见到了高宗,当时金主完颜亮率军南侵,高宗谋划着逃跑。陆游不顾身份低卑,慷慨陈词,力请高宗亲征,说到激动处痛哭流涕,这是陆游诗句'后生谁寄当年事,泪溅龙床请北征'的由来。"禅师左手端着茶杯答道。

"宋高宗后来亲征了吗?"本本问。

"也许是被陆游的激情所感染,高宗亲征了。十一月,虞允文在采石大败金军,完颜亮被部下杀死,金兵北撤,十二月,宋高宗离开临安到建康(今南京市)视察。"

"这一年冬天,陆游写下了平生第一快诗《闻武均州报已复西京》。"空空刚刚看完《陆游年谱》,赶紧补充。

"陆游还有梦从宋孝宗亲征的故事,你知道吗?"禅师笑着望向空空。

"我知道!"空空一下子来精神了,"宋孝宗淳熙七年(1180)五月,陆游五十六岁,在抚州担任茶米盐买卖管理的官员,对于一心上阵杀敌、立志拯救沦陷区人民于水深火热之中的陆游来说,担任这样的职位特别无聊。报国无门,壮志难酬,理想与现实反差太大。"

空空抬头看看窗外泛着水珠的绿叶,继续说:"古人云'日有所思,夜有所梦',陆游借助梦境实现了现实中无法实现的理想和愿望,《五月十一日夜且半梦从大驾亲征尽复汉唐故地》讲的是其中一个故事,我先朗诵一遍这首诗:

五月十一日夜且半梦从大驾亲征尽复汉唐故地
〔南宋〕陆游

五月十一日,夜且半,梦从大驾亲征,尽复汉、唐故地。见城邑人物繁丽,云:西凉府也。喜甚,马上作长句,未终篇而觉,乃足成之。

天宝胡兵陷两京,北庭安西无汉营。
五百年间置不问,圣主下诏初亲征。
熊罴百万从銮驾,故地不劳传檄下。
筑城绝塞进新图,排仗行宫宣大赦。
冈峦极目汉山川,文书初用淳熙年。

驾前六军错锦锈,秋风鼓角声满天。
苜蓿峰前尽亭障,平安火在交河上。
凉州女儿满高楼,梳头已学京都样。

陆游通过此诗描述了一个激动人心的梦境:唐玄宗天宝十四年(755)十一月,叛将安禄山率领军队攻陷了东京长安及西京洛阳,北庭、安西辖区也相继沦陷。近五百年了,没人过问收复失地一事。如今,英明的孝宗皇帝率领百万雄师亲自出征!将士们威猛无敌,所向披靡,不战而胜,宋王朝大旗在城墙上高高飘扬,偏远的边塞地区亦成为大宋国土,登高远望尽是宋王朝河山。每到一处,大赦天下,尽显皇恩浩荡。秋风中军乐响彻云霄,六军将士身披五色锦绣战袍,皇帝率军胜利归来,浩浩荡荡。我军将士守卫着边疆,外族从此不再入侵,烽火报平安,百姓享太平,那些可爱的凉州少女学着京都少女梳理发髻,甚是好看。"

"哇!大宋如此威武!"本本不禁惊叫起来。

空空端起茶杯喝了一口:"陆游还有一个耳熟能详的梦,宋光宗绍熙三年(1192)冬天,六十八岁的陆游在饥寒交迫的夜晚梦见了'僵卧孤村不自哀,尚思为国戍轮台。夜阑卧听风吹雨,铁马冰河入梦来'(《十一月四日风雨大作》)。在困顿的晚年,住在破败茅屋中,陆游依然满怀上阵杀敌、收复失地的爱国热情。"

"可敬的报国梦!"本本感叹道。

"不过是黄粱梦一场!"空空叹息着说,"多么希望穿越回到南宋年代,见识一下这位满腔爱国热血的英雄!听他亲自讲述内心的无奈与悲痛!"

知了在枝头聒噪不休,仿佛应和着空空,也诉说这位南宋爱国志士的满腔悲恸。

〔家国情怀名句〕

熊罴百万从銮驾,故地不劳传檄下。
筑城绝塞进新图,排仗行宫宣大赦。
冈峦极目汉山川,文书初用淳熙年。
驾前六军错锦锈,秋风鼓角声满天。

〔朗诵指数〕

4.8

驾前六军错锦锈,秋风鼓角声满天。

醉歌

[诗词心能量]

"南宋最高统治者主和不主战,偏安一隅,以北伐中原、收复失地为己任的陆游就不可避免地受到冷落和排挤。宋孝宗对即将到严州(今浙江桐庐一带)上任的陆游说:'严陵山水胜处,职事之暇,可以赋咏自适。'意思是说,严陵是个山清水秀的好地方,公务闲暇时,可以吟诗赋词,悠然自得。即便是最赏识陆游的宋孝宗,也不过把他当作一名诗人。南郑八个月的军旅生涯仿若黑夜中观看流星,天空中划过一道灿烂的光痕后,眼前依然漆黑一片。而流淌在陆游血液中的爱国激情无时无刻不在涌动:'丈夫不虚生世间,本意灭虏收河山。'(《楼上醉书》)岁月蹉跎,时不我待,一腔热血化为梦境,在梦中杀敌,在梦中收复河山。不仅如此,壮志难酬,以酒消愁,被周必大称为'小李白'的陆游更是在醉意中宣泄心中的无奈,在醉意中迸发出理想的光芒。"禅师激昂地说。

本本和空空神情庄重地聆听着,若有所思。

"咱们今天以'醉'为题,说说陆游醉后抒怀的故事?"禅师望着眼前两位小友。

"好啊!"本本和空空齐声答道。

"本本哥哥,你先来吧!"一直抢先回答的空空突然谦让起来。

"好嘞!我来一首《西村醉归》,我先朗诵一遍。"本本站起来挺直腰杆,高声吟诵:

侠气峥嵘盖九州,一生常耻为身谋。
酒宁剩欠寻常债,剑不虚施细碎雠。
歧路凋零白羽箭,风霜破弊黑貂裘。
阳狂自是英豪事,村市归来醉跨牛。

"此诗作于宋孝宗淳熙八年(1181)夏天,陆游在山阴闲居。淳熙七年,陆游在江西担任提举常平茶盐公事(负责茶米盐管理),适逢江西水灾,陆游将义仓里的公粮用于救济百姓,这是他的职责所在。但遭到朝廷小人非议,说他不守规矩,对陆游进行弹劾。陆游在返回临安面奏孝宗途中收到诏书,获准还乡。对一位充满爱国热情的志士来说,赋闲在家自然寂寞难耐,唯有在酒中寻找安慰,在醉意蒙眬中倾吐心声。陆游与其他诗人不同,他极少在醉中哀叹自己潦倒落魄的困境,而是在醉中更加坚定自己征战沙场、为国效力的理想,实在令人钦佩!"

"惭愧,在'陆游通'面前献丑了。"本本笑着对空空抱拳。

"本本哥哥过奖了!我来分享陆游的《醉歌》。"空空站起来吟诵:

读书三万卷,仕宦皆束阁。
学剑四十年,虏血未染锷。
不得为长虹,万丈扫寥廓。
又不为疾风,六月送飞雹。
战马死槽枥,公卿守和约。
穷边指淮泚,异域视京洛。
於乎此何心,有酒吾忍酌?
平生为衣食,敛版靴两脚。
心虽了是非,口不给唯诺。
如今老且病,鬓秃牙齿落。
仰天少吐气,饿死实差乐。
壮心埋不朽,千载犹可作!

"此诗大意是:为了报效祖国,我自小奋发读书,苦练箭术,多少年过去了,依然官职卑微,无所事事,手中的宝剑未能出鞘杀敌。战马没有在沙场上奔驰,而是老死在马棚里,王孙大臣们不思进取,偏安一隅,对辱国的'绍兴和议'与'隆兴和议'没有丝毫悲愤,对丧失的国土完全没有收复之志。呜呼,面对碌碌无为的朝廷、纸醉金迷的朝臣,我心中的痛恨无处宣泄。岁月无情,头发稀疏了,牙齿掉落了,身体远不如以前那么健壮了,我依然怀着爱国报国的忠耿之心,这颗赤子之心埋在地下不会腐朽,千年以后仍可复活!"

"说得好!"本本朝空空竖起大拇指。

"'壮心埋不朽,千载犹可作!'太感人了!"空空眼眶湿润了，"这首诗作于绍熙元年（1190）夏天，陆游六十六岁，在会稽石帆别业闲居。陆游深知统一祖国的壮志已经难以实现，只有借酒消愁，痛斥对中原沦陷无动于衷的投降派。他回顾自己的一生，胸怀大志却无路请缨，即便如此，其爱国之情也丝毫未减。"

掉在地上的两片叶子被烤焦似的打起卷来，花草也无精打采地耷拉着头，所幸夏日凉风吹淡了这个世界的燥热。看着两个男孩如此意气风发，禅师眼笑眉舒。

"男儿当学陆放翁！"禅师意味深长地总结道，寄望两位小友在陆游诗词中汲取正气与力量，涵养醇厚的家国情义。

[家国情怀名句]

学剑四十年，虏血未染锷。

壮心埋不朽，千载犹可作！

[朗诵指数]

4.7

学剑四十年，虏血未染锷。

第十九站　浙江杭州

新制布裘

[诗词心能量]

傍晚，凉风拂面，水波拍岸，禅师、本本和空空在平湖秋月茶室临近水面的茶位坐下来，品味着散发淡淡清香的龙井茶，分外惬意。

"空空，西湖有几个堤？"禅师冷不防问道。

"三个，白堤、苏堤、杨公堤。"空空不假思索地回答。

"这三个堤都是以姓氏命名吗？"禅师接着问。

"苏堤、杨公堤是按姓氏起名，白堤不是，白堤以前叫白沙堤，人们为纪念白居易而将其改名为白公堤，慢慢就简称白堤了。"空空流利地答道。

"嗯，很好，看来你对杭州蛮了解嘛。"禅师笑了笑。

"我看过关于诗魔白居易的一些书，长庆二年（822）七月，五十一岁的白居易出任杭州刺史，他在杭州为官三年，勤政爱民，兴修水利，为老百姓造福，也为西湖留下了不少著名的诗篇。"空空捧起茶杯喝了一口，继续说，"我印象最深的是《春题湖上》，把西湖写得太优美了！"

空空唯恐本本抢他的风头，不等禅师发话，他旋即背诵

起来:

> 湖上春来似画图,乱峰围绕水平铺。
> 松排山面千重翠,月点波心一颗珠。
> 碧毯线头抽早稻,青罗裙带展新蒲。
> 未能抛得杭州去,一半勾留是此湖。

"好样的!"禅师鼓起掌来。

"这首诗,单纯朗诵无法体会其中的奥妙,正确的打开方式是熟背后闭上眼睛,缓慢呼吸几次,把身心收摄回来,然后一句一句地想象,你们试试。"禅师对两人说。

本本和空空靠在椅子上,按照禅师的方法静静体会。

"好美的画面,好美的享受,西湖山水之美让人陶醉!"一会儿空空睁眼说道。

"这叫以诗养心。"禅师笑着说,"我给你们讲讲白居易的《新制布裘》。"

"我等洗耳恭听!"空空喜上眉梢。

"本本,你先朗诵一遍这首诗。"禅师对本本说。

本本站起来,微微合眼,缓缓睁开,右手掌在胸前扬起,高声吟诵道:

新制布裘

〔唐〕白居易

> 桂布白似雪,吴绵软于云。
> 布重绵且厚,为裘有余温。
> 朝拥坐至暮,夜覆眠达晨。

谁知严冬月,支体暖如春。
中夕忽有念,抚裘起逡巡。
丈夫贵兼济,岂独善一身。
安得万里裘,盖裹周四垠。
稳暖皆如我,天下无寒人。

"'丈夫贵兼济,岂独善一身。'这句太棒了!"空空忍不住赞叹。

禅师放下手中茶杯,注视着本本和空空,说:"在白居易的世界里,生活就是诗,诗就是生活。或者可以说,他把日常生活过成了一首首诗,流传万世的诗。寒冬来临,人们舒舒服服地躺在一床温暖的被子里,不愿意起来。白居易不这样,'朝拥坐至暮,夜覆眠达晨'。他毫不掩饰对这件棉衣的喜爱,但在这舒适的卧眠之中,白居易没有沉沉睡去。半夜里醒来,他抚摸着棉衣,突然站起来凝望着窗外,思绪万千,想到了一些人,那些冬天里饱受寒冷的人。'寒风凛冽,白雪纷飞,我希望有一件无尽宽广的厚棉衣温暖天下百姓,使世间的人们免受冰寒之苦。'白居易双手合十,许下大愿。大爱无痕,白居易这时候还不满四十岁。"

"真喜欢听禅师讲诗词!"空空开心地说。

"人与人之间最大的差别是什么?"禅师问空空。

"这个……我跟本本哥哥最大的差别是,他是诗词达人,我不是。"

"本本?"禅师转向本本。

"肯定不是贫富贱贵,是道德修养?"

"接近答案了,人与人之间最大的差别是境界。《孟子·尽心》云：'穷则独善其身，达则兼济天下。'白居易的前辈杜甫也说：'安得广厦千万间，大庇天下寒士俱欢颜！'白居易的境界，丝毫不逊于古人，他说：'丈夫贵兼济，岂独善一身。安得万里裘，盖裹周四垠。稳暖皆如我，天下无寒人。'有的人酒足饭饱，想着如何及时行乐，从不想天底下那些还在挨饿的人怎么办，心里装的只有自己；白居易却不同，他心里装的是天下百姓。

"欢乐面前，只想自己是众生，想到别人是菩萨。纵观白居易一生，'兼济'与'独善'是他独特的生活方式，'兼济'让他心怀慈悲，为民请命，扎根于百姓生活当中，努力实现理想抱负。'独善'让他珍爱自己，养志忘名，追求幸福，享受着生命的丰盈。乐天知命故不忧，一碗白饭，一杯浊酒，生活中的点点滴滴，他都觉得津津有味，并将其化为一首首优美的诗篇。"禅师神情肃穆。

湖面平静，月光兀自穿透云层，一点点揉进湖水中，岸边的风被花草染上芳香，互相追逐着，仿佛在呼唤鱼儿跃出湖水的怀抱。在如此幽雅之境品茗吟诗，多么令人陶醉。

"读诗要读入心，在诗词中感受诗人伟大的道德情操，努力向他们学习，培养自己高尚的人格精神。"禅师摸摸空空的头。

〔家国情怀名句〕

丈夫贵兼济，岂独善一身。
安得万里裘，盖裹周四垠。

[朗诵指数]

4.9

安得万里裘,盖裹周四垠。

桂枝香·金陵怀古

[诗词心能量]

八月的杭州,桂花满枝,风一吹,清香四溢,沁人心脾。禅师、本本和空空来到灵隐寺。

"咱们先上飞来峰。"禅师说。

沿途石壁上雕刻了神态各异的佛像。"这个弥勒佛笑得真开心。"空空指着右前方对本本说。

一转眼的工夫,三人走到刻着"飞来峰顶"的大石跟前。

"溪山处处皆可庐,最爱灵隐飞来孤。"空空突然冒出一句苏轼的诗。

"还有吗?"禅师笑着问空空。

"王安石《登飞来峰》。"空空即兴吟诵起来:

飞来山上千寻塔,闻说鸡鸣见日升。
不畏浮云遮望眼,自缘身在最高层。

"这首诗表面上写登高游览,实际上体现了王安石的理想和抱负。写这首诗的时候,王安石三十岁,已经在地方为官近十年,对下层人民生活有较深的了解。在他看来,朝廷对辽和西夏消极抵抗、屈膝投降政策是造成人民苦难的重要原因,要改变国家积弱积贫的状况,就必须对国家法度进行变革。因此,他上书主张变法,毫不畏惧奸邪小人的阻挠和迫害。此诗后两句表达了诗人反对墨守成规、立志改革的坚定信念和豪迈气概。"

"好!空空在诗词上进步很快!"禅师鼓掌赞叹。

"本本,有补充吗?"禅师对本本说。

"王安石不只是诗人,他也是历史上著名的思想家和政治家,一生以匡扶社稷为己任。北宋中期,国家逐渐衰弱,宋真宗景德元年(1004),北方的辽南下入侵,以宋真宗为首的投降派无心抵抗,与辽签下了'澶渊之盟'。宋仁宗庆历四年(1044),西夏入侵,北宋投降派与西夏签订'庆历和议'。这两个辱国求和的条约要求北宋每年向辽和西夏奉送大量钱财,导致北宋朝廷财政枯竭,统治阶级对老百姓的剥削日益繁重,国内矛盾激化,危机四起。王安石对此忧心忡忡。宋英宗治平四年(1067)王安石担任江宁(今南京,古称金陵)知府,他有感而发,写下了著名的《桂枝香·金陵怀古》,词曰:

登临送目,正故国晚秋,天气初肃。千里澄江似练,翠峰如簇。归帆去棹残阳里,背西风、酒旗斜矗。彩舟云淡,星河鹭起,画图难足。

念往昔,繁华竞逐,叹门外楼头,悲恨相续。千古凭高对此，漫嗟荣辱。六朝旧事随流水，但寒烟、衰草凝绿。至今商女，时时犹唱，后庭遗曲。

此词大意是：登山临水，极目远眺，故都金陵正值深秋，天气开始凉爽起来。奔流千里的长江澄净得好像一匹长长的白绢，峭拔青翠的山峰犹如一束束箭镞。江上船只扬起风帆驶向夕阳里，斜插的酒旗迎着西风轻轻飘扬。五彩缤纷的画船在稀淡云烟中自如穿梭，白鹭在水中沙洲时而停歇时而飞起，生花妙笔也难以描绘出如此清丽的景色。遥想往昔，六朝的达官贵人竞相仿效，过着奢靡的生活，可叹'门外韩擒虎，楼头张丽华'的亡国悲剧相继发生。自古以来，多少人在此登高怀古，空叹历代荣辱兴衰。六朝风云变幻都随流水消逝了，只剩下寒烟苍茫、绿草衰微。直到如今，商女还不知亡国的悲恨，时时歌唱《后庭花》遗曲。

"这首词与《登飞来峰》一样，借览物所感，抒发诗人情志。江山如此美好，若当朝者不居安思危，吸取六朝相继覆灭的教训，苟且偷安，贪图享乐，荒淫无度，致使内忧外患交迫，那亡国之期就不远了。这首词反映了王安石对国家民族前途命运的担心和焦虑之情。"本本沉浸在词境当中。

"真心佩服本本哥哥的诗词造诣和历史知识！"空空对本本竖起大拇指。

"天降大任于斯人，必先让其惆怅。《桂枝香·金陵怀古》创作后的第三年，宋神宗拜王安石为相，一场轰轰烈烈的'熙宁变法'拉开了序幕。"禅师打趣着说。

〔家国情怀名句〕

六朝旧事随流水,但寒烟、衰草凝绿。
至今商女,时时犹唱,后庭遗曲。

〔朗诵指数〕

4.8

六朝旧事随流水,但寒烟、衰草凝绿。

江城子·密州出猎

〖诗词心能量〗

三人漫步在苏堤上,两侧草木翁郁,堤柳吐绿,<u>丝丝缕缕曼妙如纱</u>,恰有一对粉蝶在树荫下翩跹起舞,给宁静的夏日增添了一抹亮色。

"乾隆写过一首诗,名字叫《苏堤春晓》,你们听说过吗?"禅师问。

"没听说过,乾隆写了四万多首诗,没几首出名的。"空空打趣道。

禅师望向本本,本本摇摇头。

"乾隆皇帝的这首诗值得背诵,它让我们更加了解苏轼。"禅师边走边吟诵起来:

通守钱塘记大苏,取之无尽适逢吾。
长堤万古传名姓,肯让夷光擅此湖。

"'长堤万古传名姓',这句说得真好!"本本感叹。

"来,我们坐在湖边木凳上休息一会儿。"禅师带着本本、空空在湖边长凳坐下，向前望去，湖面闪烁着银光，渺渺碧波，小舟点点，像一幅黛色山水画。岸边杨柳丝丝拂面，有些柳枝浸到湖中，像亭亭玉立的少女在清洗秀发，仔细听，能感受到她们在轻柔呼吸。

"在苏堤上，咱们就地举行一场苏轼诗友会，谁先来？"禅师兴致盎然。

"我先来！"空空举起手。

"苏轼前后两次在杭州任职，第一次任杭州通判，时间为熙宁四年（1071）十一月至熙宁七年（1074）九月，第二次任杭州知州，时间为元祐四年（1089）七月至元祐六年（1091）二月。在杭州将近五年时间里，苏轼为老百姓办了许多好事，其中卓有成就的是大兴水利，包括疏浚钱塘六井及整理西湖、建造南北走向长堤。苏轼后任林希为长堤题名'苏公堤'，苏堤由此得名。"

空空转头望了禅师一眼，继续说："苏轼在杭州为官期间，空闲之余，常游历西湖胜景，为西湖留下了诸多名篇。如《饮湖上初晴后雨》：'水光潋滟晴方好，山色空蒙雨亦奇。欲把西湖比西子，淡妆浓抹总相宜。'此诗家喻户晓。苏轼在《和张子野见寄三绝句 过旧游》诗中说：'前生我已到杭州，到处长如到旧游。'当他晚年从海南北归考虑终老之所时，在给友人的书信中写道：'蜀若不归，即以杭州为佳。'这种强烈意愿在《送襄阳从事李友谅归钱塘》诗中亦有体现：'居杭积五岁，自意本杭人。故山归无家，欲卜西湖邻。'"

"太棒了！空空看来做足功课了！"本本不禁鼓起掌来。

"向你学习！到你啦！"空空谦虚起来。

本本从木凳上站起来,面向禅师和空空,思索片刻,娓娓道来:"熙宁七年(1074)九月,苏轼由杭州通判改任密州知州。在密州,苏轼写下了著名的《江城子·密州出猎》:

江城子·密州出猎
〔北宋〕苏轼

老夫聊发少年狂,左牵黄,右擎苍,锦帽貂裘,千骑卷平冈。为报倾城随太守,亲射虎,看孙郎。

酒酣胸胆尚开张,鬓微霜,又何妨?持节云中,何日遣冯唐?会挽雕弓如满月,西北望,射天狼。

这首词创作于熙宁八年(1075)冬天,大意是:我虽然三十八岁了,但依然有少年的豪情壮志。这天我和随从外出打猎,我左手牵着黄狗,右手举着苍鹰,我们头戴锦蒙帽,身着貂鼠裘,飞马掠过山冈。密州老百姓都出城观看我射猎,这份情意让我豪气万丈,我必定像孙权那样,亲自挽弓射虎。打猎过后,我痛饮美酒,豪情满怀,多么渴望抗敌报国!神宗皇帝什么时候能像当年汉文帝派冯唐到云中恢复魏尚太守的职位那样,充分信任我呢?那时我将奔赴西北边疆,拉满雕弓,射杀侵略者!"

本本停顿片刻,继续说:"苏轼通过这首词,表达了尽管得不到皇上的信任和重用,也时刻不忘朝廷,不忘国家大事,希望为国尽力的坚定信念。"

"这首词我也特别喜欢!"空空说,"禅师,请您开示!"

"本本,坐下来吧。"禅师挥手示意道,"你们都讲了苏轼的诗词,我不谈诗了,谈谈苏轼这个人。"

"苏轼在文学方面的卓越成就固然让人敬佩,但最令人敬重和叹服的是其人格境界。苏轼从二十四岁开始为官,在四十多年的宦海生涯中大起大落,颠沛流离,历尽艰辛。无论身处顺境还是逆境,他始终保持着忠诚耿直、为国为民、光明磊落的高尚品格。苏轼之所以深受新旧党争迫害,是因为他敢于直言。在任何情况下,他都珍惜自己独立的人格,敢于公开自己独立的见解,不论亲疏,不畏强权,这种高风亮节值得后人学习。苏轼热爱家国,'此心耿耿,归于忧国'。他注重仁政,始终与百姓同艰苦、共患难,视民如视其身。他在诗中写道:'雨顺风调百谷登,民不饥寒为上瑞''伫立望原野,悲歌为黎元'。此外,苏轼面对厄运时那种旷达、超脱、随遇而安的人生态度也值得我们学习。可以说,苦难成就了东坡居士。"

禅师看着眼前的旖旎风光,意味深长地说:"苦难如高山之巅,当我们把它踩在脚下时,我们才能领略眼前无限美好的风光。"

"这样的诗友会,我喜欢!"空空欣喜若狂。

"走吧,我们到映波桥旁边的苏东坡纪念馆去瞻仰这位大文豪。"禅师起身说道。

远山影影绰绰,湖面小舟轻摇,把西子湖畔点缀得如诗似画。三人缓缓走着,衣襟在微风中飘拂,渐渐地融进大自然的诗情画意里。

〔家国情怀名句〕

酒酣胸胆尚开张,鬓微霜,又何妨?

会挽雕弓如满月,西北望,射天狼。

〔朗诵指数〕

5.0

会挽雕弓如满月,西北望,射天狼。

甲辰八月辞故里

[诗词心能量]

"禅师,我们下一站去哪里?"从苏东坡纪念馆出来,空空问道。

"你们知道'西湖三杰'吗?"禅师停了下来。

"我只知道三潭印月。"空空调皮地做个鬼脸。

"'西湖三杰'是指岳飞、于谦和张煌言。"本本回答。

"哇,本本哥哥真是学霸,这个也知道!"空空朝本本竖起大拇指。

"张苍水先生祠离这不远,我们走过去。"禅师说。

不一会儿三人来到西湖南屏山荔枝峰下,一座古香古色、灰瓦白墙、具有清代江南民居风格的院子掩映在翠绿之中,幽静而肃穆。大门牌匾描金篆文写着"张苍水先生祠"。走进院子,右边陈列着一门铁炮,格外惹人注意。

"这是当年张煌言抗击清军时用过的铁炮。"禅师对空空说。

"这么有纪念意义的文物!"空空的目光停留在铁炮上。

见本本站在院墙雕刻石块前沉思,空空跑过去问:"本本哥哥,你在看什么?"仔细一看,空空欢呼雀跃,"哦,原来是看刻在花岗岩上面的诗歌。"

"空空,你把这首《甲辰八月辞故里》朗诵一遍。"禅师说。

空空朝墙壁石刻走近两步,看了片刻,高声吟诵道:

甲辰八月辞故里

〔明〕张煌言

国亡家破欲何之?西子湖头有我师。
日月双悬于氏墓,乾坤半壁岳家祠。
惭将赤手分三席,敢为丹心借一枝。
他日素车东浙路,怒涛岂必属鸱夷!

"本本哥哥,我想听你讲诗词小故事!"空空走回到本本身旁。

"清康熙三年(1664)七月,张煌言在其隐居处南田悬岙岛(今浙江象山县南)被俘,清军押其至鄞县,八月初由宁波押往杭州。出发那天有几千名宁波乡亲为张煌言送行,临行前张煌言写下此诗,表达了矢志不渝的抗清精神和为国捐躯的决绝之心。诗词大意是:如今,国家灭亡,家庭破碎(张煌言被俘前其妻子及儿子已被清军扣押),哪里是我的归宿?埋葬在西子湖畔的岳飞和于谦是我的榜样。于谦在京城保卫战中救国于危难,岳飞率领岳家军北上抗金守护南宋王朝。相较于他们保家卫国的丰功伟绩,我功业未就,实在惭愧。但我的爱国之心和他们一样强烈!我死之后,如果能埋葬于西湖边上与他们为邻,该是多么荣幸啊。日后人们去浙东吊唁我，将会看到东海波涛汹涌，那是我抗清的满腔热血！"

"禅师，听完本本哥哥讲诗词故事，我想起了文天祥，觉得张煌言被俘后以死报国的决心和文天祥一样。"

"说得好！你的悟性很高！"禅师笑着摸摸空空的头，"张煌言抗清的经历和文天祥抗元的经历颇为相似。清顺治二年（1645）夏天，清军攻下杭州，浙东地区百姓纷纷揭竿而起，成立义军积极抗清。当时张煌言二十六岁，毅然投笔从戎，逐渐成为浙东义军首领。之后张煌言与郑成功联合，三渡闽江，四入长江，战功显赫。清顺治十六年（1659）五月，张煌言率领水军溯江进驻芜湖，收复长江沿岸四府三州二十四县三十多座城池。湘、赣、鲁、豫等省的仁人志士纷纷前来投靠，一时之间军威大振，江淮半壁河山为之震动，给清军以沉重打击。正当张煌言军在长江中游地区节节胜利时，围攻南京的郑成功却因轻敌而被清军击败，匆匆率军退出长江，返回福建。郑成功撤军后，清军立即集中兵力围攻张煌言率领的军队。由于敌我兵力悬殊，张煌言败退回到舟山。"

"可惜了！"空空叹了口气。

"命压人头不奈何。"禅师借用白居易的诗句，"张煌言抗清十九年，立下赫赫战功，足以彪炳秋千。张煌言被俘后，清朝欣赏他才识过人，故多次劝降，他凛然拒绝，对前来劝降的浙江总督赵廷臣说：'国亡不能救，死有余罪，今日之事，速死而已。'"

"自古爱国志士心心相通啊，这句话和文天祥的'宋状元丞相，所欠一死报国耳，宋存与存，宋亡与亡'多么相似！"空空再次感叹。

"还有相似的，我们到祭殿参观。"禅师说。

祭殿是一座三开间的仿清建筑，正中央有一尊张煌言坐像，堂匾是著名书法家沙孟海题写的"好山色"描金大字。

"听说过'好山色'的来历吗？"禅师问空空。

"没有。"空空羞愧地红了脸。

"本本？"禅师侧身问。

"清顺治十六年（1659）农历九月初七，清朝决定在杭州处斩至死不降的张煌言。临刑前张煌言遥望南屏山说'好山色'，想到自己刚好四十五岁，口占绝命诗一首曰：'我年适五九，复逢九月七，大厦已不支，成仁万事毕。'临刑时，刽子手依惯例让他跪下，张煌言严词拒绝。他昂首挺立，壮烈就义于刀下。"本本的眼里闪烁着泪光。

"英雄！跟文天祥就义的情景太像了！"空空难掩内心的激动。

"英雄的赤胆忠心是一，不是二。"禅师说了一句禅语，"走，我们到后面去瞻仰张煌言墓。"

〔家国情怀名句〕

国亡家破欲何之？西子湖头有我师。
日月双悬于氏墓，乾坤半壁岳家祠。

〔朗诵指数〕

4.9

日月双悬于氏墓,乾坤半壁岳家祠。

别云间

[诗词心能量]

"面对外敌入侵,一介书生,投笔从戎,视死如归,从容就义,真了不起!"瞻仰完张煌言墓,空空由衷感叹。

"1645年,二十六岁的张煌言投笔从戎。这一年,在上海松江,一个出生于书香世家的十五岁少年追随父亲与老师参加松江义军,投身于反清复明战斗中,你们知道是谁吗?"禅师望着本本和空空。

"嗯……"空空用手摸着下巴,努力思考着,"本本哥哥,你知道吗?"

"他是著名的少年英雄夏完淳!"本本答道。

"噢!是他啊,我的偶像!我看过夏完淳的连环画!"空空叫喊起来。

"偶像都没想起来?"禅师打趣着说,"你讲讲夏完淳的英雄故事?"

"好!他的故事让我印象深刻。"空空在努力修复刚才瞬间"短路"的糗态,"夏完淳出生于崇祯四年(1631),父亲是夏允彝,他的老师叫陈子龙。夏完淳天生聪慧,在满腹诗书的父亲和老师的悉心栽培下，他五岁能讲《论语》，六岁熟读经史，七岁能赋诗，九岁写成了第一部个人诗集《代乳集》，被誉为神童。"

接收到禅师鼓励的眼神，空空更加热血沸腾，接着说："夏完淳的父亲和老师都是节操高尚、爱国心极强的读书人，受他们影响，夏完淳自幼非常关心国家大事，而且有独特见解，小小年纪就已经忧国忧民、心怀天下，令大人们另眼相看。清顺治二年（1645），清军占领南京，南明弘光政权覆灭。清兵屠杀劫掠和强制剃发，激起江南人民的顽强抵抗，众多爱国志士纷纷组织义军与清兵战斗，十五岁的夏完淳跟随父亲参加了吴淞副总兵吴志葵领导的水师，投身到抗清复明热潮中。在敌众我寡的形势下，义军虽然取得了局部胜利，但终被清军逐个击破。夏完淳父亲夏允彝在攻打苏州城之战落败后，拒绝清朝招安为官，自沉松塘而亡，夏完淳跟随恩师陈子龙继续战斗。顺治四年（1647）四月，清朝松江提督吴胜兆策划反清，与陈子龙相约起义，被部下告密，吴胜兆被杀，陈子龙被捕。在押往南京途中，陈子龙跳江自尽。两个月后，夏完淳在华亭家中告别母亲，准备渡海加入鲁王军队时，被清兵逮捕。"

"英雄生不逢时。"本本感慨万分。

空空朝本本点点头，继续说："夏完淳被俘后，清兵将其押送至南京，由清廷总督南方军务的洪承畴亲自审问。洪承畴原是明朝重臣，官至兵部尚书，在松锦之战中被清军俘虏，随后变节投靠清朝。审问那天，夏完淳戴着枷锁走进大堂，他昂首挺立，坚决不跪。洪承畴满脸堆笑地说：'小孩子一定是受人蛊惑才误入歧途，只要你决心悔过，归顺大清,我保你前途无量。'夏完淳明明知道审问官是洪承畴,却装作不认识:'我虽年轻,亦要效法大明忠臣洪承畴先生,当年他领军与清军血战,被俘后绝食而亡。我仰慕他的忠烈,决心以他为榜样,舍身报国。'一旁的差役连忙告诉夏完淳,堂上大人正是洪承畴,夏完淳听后冷笑道:'胡说八道!洪大人早已为国捐躯,天下无人不知。堂上何方奸贼,竟敢冒充洪大人,侮辱他的忠魂!'老奸巨猾的洪承畴没想到自己不但劝降失败,还被夏完淳当众痛骂一顿。一时无言以对,气急败坏地拂袖而去。"

"千古奇才,真豪杰也!"本本赞叹道。

"夏完淳被俘后,不论是在押往南京路上,还是身处狱中,他都坚持赋诗,最终创作出著名的爱国诗集《南冠草》,你知道第一篇吗?"禅师问空空。

"不知道。"空空摇摇头,望向本本,"请教少年诗词达人。"

"第一篇是《别云间》。"本本端正站姿,开始朗诵:

别云间

〔明〕夏完淳

三年羁旅客,今日又南冠。
无限山河泪,谁言天地宽。
已知泉路近,欲别故乡难。
毅魄归来日,灵旗空际看。

"此诗大意为:我投身抗清斗争三年,如今沦为囚徒,大明江山已支离破碎,大好河山已被清廷占领,怎不叫人痛哭流涕？天地如此广阔，竟无我立足之地。从被俘那天起，我已立下决心舍身报国，再也不能侍奉年迈的母亲，再也不能照顾怀孕的妻子，每每想到这，我心中何等悲伤！我死后灵魂归来，一定会看到抗清旗帜继续飘扬。"本本说着说着，哽咽起来。

"1647年秋，年仅十七岁的夏完淳在南京刑场昂首挺立，慷慨就义。"空空长叹一声。

"自古英雄出少年。"禅师神情肃然，"夏完淳从神童到少年英雄，从十五岁从军到十七岁壮烈殉国，功绩彪炳千秋，永垂青史；而他的文学作品，更是中国文学史上的瑰宝，近代诗人柳亚子先生曾评价夏完淳'悲歌慷慨千秋血，文采风流一世宗'。"

禅师的话耐人寻味，连同少年英雄夏完淳那一曲饱蘸爱国深情的悲歌，在本本和空空心中久久回荡。

〔家国情怀名句〕

无限山河泪，谁言天地宽。

毅魄归来日，灵旗空际看。

〔朗诵指数〕

4.8

毅魄归来日，灵旗空际看。

满江红·登黄鹤楼有感

[诗词心能量]

"本本哥哥,这四个下跪的铁人是谁?"空空指着宋岳鄂王墓前的雕塑问。

"他们是陷害岳飞的秦桧、秦桧夫人王氏、张俊和万俟卨。"本本答道。

岳飞墓庄严肃穆,四周苍柏青翠,墓门下方左右分别跪着两个白色铁铸人像,袒胸露乳,反剪双手,低头面墓而跪。

"'青山有幸埋忠骨,白铁无辜铸佞臣。'陷害忠良的佞臣千百年来遭受世人唾骂与痛恨!"空空厌恶地瞪了四个铁像一眼,"精忠报国的一代名将竟然被他们以'莫须有'的罪名陷害致死,天日昭昭,天日昭昭!"

"一千年以来,岳飞对中华儿女影响很大,每当人们提起岳飞,首先会想到什么?"禅师问空空。

"首先会想起岳母在他背上刺的'精忠报国'四字,接着想起《满江红》中的'怒发冲冠,凭栏处、潇潇雨歇'。"

"本本认为呢?"禅师转向本本。

"岳飞是一位杰出的军事统帅、伟大的爱国志士。提起爱国诗词,人们总会首先想到岳飞的《满江红》。"

"没错。"禅师点点头,示意本本继续。

"岳飞文武双全,他将尽忠报国、收复国土的壮志豪情融进了诗词当中。绍兴三年(1133),岳飞在江西赋诗《题青泥市萧寺壁》:'雄气堂堂贯斗牛,誓将直节报君仇。斩除顽恶还车驾,不问登坛万户侯。'绍兴五年(1135),岳飞率军驻守池州,登上翠微亭,写下了《池州翠微亭》:'经年尘土满征衣,特特寻芳上翠微。好水好山看不足,马蹄催趁月明归。'绍兴八年(1138),岳飞率军驻守鄂州,他多次上书朝廷,提议乘金人废刘豫之机,攻其不备,长驱直入收复中原。岳飞累次请缨出战,皆因秦桧、张俊从中作梗,而被朝廷拒绝。怀着悲愤之情,岳飞登上黄鹤楼,创作了这首《满江红·登黄鹤楼有感》:

遥望中原,荒烟外,许多城郭。想当年,花遮柳护,凤楼龙阁。万岁山前珠翠绕,蓬壶殿里笙歌作。到而今,铁骑满郊畿,风尘恶。

兵安在?膏锋锷。民安在?填沟壑。叹江山如故,千村寥落。何日请缨提锐旅,一鞭直渡清河洛。却归来,再续汉阳游,骑黄鹤。

这首词大意是：我登上黄鹤楼，极目远望中原，荒草弥漫、烟波迷蒙处，一座座城池隐隐可见。遥想当年，城中繁花锦簇，遮住人们远眺的视野。绿柳成荫护绕着城墙，楼阁上刻镂着龙凤花纹。蓬壶殿里宫女成群，一派歌舞升平、夜夜笙箫的景象。而如今，金人铁骑践踏着汴京郊外，战乱频仍，干戈不息，形势十分险恶。士兵在哪里？他们血洒沙场，鲜血染红了剑刃。百姓在哪里？他们在战乱中丧生，尸首填满了溪谷。悲叹啊，山河秀丽如往昔，可田园已荒芜萧索，满目疮痍。何时才能率领精锐部队，挥鞭渡过长江，扫除胡虏，收复中原啊！待杀敌归来之日，我便重游黄鹤楼。"

"说得好！"禅师点头称赞，"关于岳飞，《宋史》里面有三个小故事你们要记住：

"飞至孝，母留河北，遣人求访，迎归。母有痼疾，药饵必亲。母卒，水浆不入口者三日……帝初为飞营第，飞辞曰：'敌未灭，何以家为？'或问天下何时太平，飞曰：'文臣不爱钱，武臣不惜死，天下太平矣。'

"第一个故事体现了岳飞的孝顺。母亲滞留在黄河以北地区，他派人去寻访，迎接母亲回来；母亲患有积久难治的疾病，他一定亲自给母亲煎药喂药；母亲过世了，他悲痛得三天都吃喝不下。第二个故事说明岳飞以国家利益为重。皇帝当初要为岳飞营造府第，岳飞推辞说：'敌人还没有消灭，哪里能安家呢？'第三个故事则反映了岳飞的洞察力。有人问天下何时太平，岳飞说：'文官不贪爱钱财，武将不怕牺牲，天下就太平了。'"

"谨记禅师教诲！"本本和空空齐声说道。

〔家国情怀名句〕

兵安在？膏锋锷。民安在？填沟壑。
叹江山如故，千村寥落。
何日请缨提锐旅，一鞭直渡清河洛。

〔朗诵指数〕

4.9

何日请缨提锐旅，一鞭直渡清河洛。

喜雨行

[诗词心能量]

"禅师,这副对联写得真棒!"空空指着于谦故居门口石刻的对联说。

"天地为心是真豪杰,圣贤作则乃大丈夫。"禅师念道,"你们两个要记住这副对联,时时想起来勉励自己。"

本本和空空点点头。

于谦杭州故居占地不大,白墙灰瓦,典型的江南建筑风格,行走其中会倍感庄严宁静。禅师一行三人来到一栋建筑物前面,透过开敞着的大门,看到堂厅正中间上方挂着"忠肃堂"牌匾。

"这副对联写得也很好!"本本指着面前左右两个木柱念道,"吟石灰赞石灰一生清白胜石灰,重社稷保社稷百代馨香惠社稷。"

"有才!太绝了!"空空惊叹。

进入忠肃堂,墙上牌匾正下方挂着于谦画像,其他三面墙壁安装有介绍于谦生平的展板。三人走走停停,不知不觉来到了院中小池旁。

禅师带着本本和空空走到池边琴台亭坐下来。"参观完了，于谦诗友会开起来？"禅师笑呵呵地望着本本和空空。

"等的就是这句话！"空空一下子来劲了。

"好！看了于谦生平事迹，有什么心得体会？"禅师伸出左手拍拍空空肩膀。

空空站起来，走到禅师和本本面前："我的体会是，要成就一番大事业，应当在少年时期树立高远的志向。于谦成为大丈夫、真豪杰和大英雄不是偶然，而是他成长过程中的必然。他出生于官宦之家，父亲是正直仁厚的秀才，祖父敬仰文天祥，收藏有文天祥画像。于谦自幼景仰诸葛亮、岳飞、文天祥的报国大节，尤其崇拜文天祥，把祖父收藏的文天祥画像放在书桌侧面，时时瞻望激励自己，从小立下以天下为己任之志。于谦六岁时随家人清明扫墓，路过凤凰台，他的叔叔随口说'今日同上凤凰台'，于谦听后对答曰'他年独占麒麟阁'，小小年纪有这样的志向，真让人佩服！"

"说得很好！本本？"禅师侧身问。

本本站起来，从容地说："于谦一生为官清廉，生活朴素，不贪图物质享受。他曾赋诗形容居住之处：'小小绳床足不伸，多年蚊帐半生尘。'与杜甫、陆游、辛弃疾、文天祥他们为官经历相比，于谦仕途顺利，官职也逐步上升，但谁能想到这样一位朝中重臣，家里的床狭小得连脚都伸不直，连蚊帐破旧也舍不得换新的？于谦官至兵部尚书后，在北京的居所连一件像样的家具也没有，景帝朱祁钰要把西华门一座府第赏赐给他，于谦以'国家多难，臣子何敢自安'坚决推辞。此外，于谦刚正廉洁，绝不与贪官同流合污。明英宗期间，太监王振专政，拉帮结派，权倾朝野，地方官员为保头上乌纱帽,每逢进京,都献上厚礼巴结讨好王振。而于谦每次进京,坚决不去拜见王振,更没有礼物相赠。同僚委婉劝告说,你不送金银钱财攀附权贵,但起码送些土特产如蘑菇、手帕之类,做个人情也好。于谦听罢,仰天大笑,举起两袖风趣地说:'带有清风。'"

"好一个'两袖清风'!"空空竖起大拇指。

禅师点点头,说:"于谦爱国思想有一个显著特点,就是继承了孟子提出的'民贵君轻'仁政学说。于谦长期在地方为官,心里装的是老百姓利益,尤其是农民利益。他一生写了三十四首悯农诗,约占其诗歌总量的十分之一。农民靠天吃饭,旱涝对农民收成影响最大,遇到旱灾,于谦和农民一样,忧心忡忡,他坚持吃斋为百姓祈雨。你们每人来一首于谦的诗歌,题目含'雨'字。"

"我先来一首于谦的《喜雨》。"空空抢先说道:

雨洗乾坤净,恩沾品物新。

俯观寰海内,无复皱眉人。

"写得真好!我分享这首。"本本高声吟诵起来:

喜雨行
〔明〕于谦

夏田得雨苗青青,秋田得雨容易耕。

夏田秋田俱得雨,农家不用愁收成。

收成有望人心悦,四方万国腾欢声。

嗟予菲才忝巡抚,惭无德泽被苍生。

但愿风调雨顺民安业,我亦走马看花归帝京。

"本本哥哥,《喜雨行》写得很生动!给我仔细讲讲吧!"空空笑着对本本说。

"好!此诗大意是:夏天雨水给农田青苗带来勃勃生机,秋天雨水滋养着收割后的农田。土壤饱经雨水润泽,变得松软,便于耕种。夏天和秋天都能下雨,种庄稼的农民就不用发愁了。田地丰收,粮食充足,人们不用挨饿,处处呈现一派祥和景象。可叹我才能浅薄,自担任巡抚以来,不能给百姓带来福泽,内心惭愧不安。只希望风调雨顺,国泰民安,我会心满意足,走马看花高高兴兴地回北京城了。"

"亲民的于谦,谦卑的于谦,仁爱的于谦!"空空深受感动。

"诗言志,于谦写下这么多悯农诗,充分体现了他以民为重的崇高思想。若没有深入了解农民的生活与处境,必定写不出如此朴素而有力量的诗句。"禅师深情地说,"对于雨,于谦觉得自己天生有着与众不同的感受,他曾写道:'人皆愁听客中雨,我独喜闻窗外声。报国常怀丰稔念,关心不是别离情。'为官一任,于谦最关心的是农民庄稼收成如何。每逢下雨,于谦想到农田不再受旱,他就开心大笑。'爱养苍生如赤子',这是于谦高尚人格的真实写照。"

"百世一人。"本本赞叹道。

〔家国情怀名句〕

但愿风调雨顺民安业,我亦走马看花归帝京。

〔朗诵指数〕

4.8

但愿风调雨顺民安业，我亦走马看花归帝京。

立春日感怀

[诗词心能量]

"于谦以石灰和煤炭为题作诗,你们知道吗?"禅师问。

"我知道以石灰为题的诗。"空空答,"于谦在十七岁那年写了一首著名的《石灰吟》,诗句如下:

千锤万凿出深山,烈火焚烧若等闲。
粉骨碎身浑不怕,要留清白在人间。

于谦托物寄怀,以石灰作比,表达自己不畏艰辛、不怕牺牲、为国尽忠的心志及清白正直的崇高气节,这首诗也是他一生的真实写照。"

"说得好!"禅师说罢,望向本本。

"我来说说于谦的煤炭诗。"本本心领神会,接着说,"于谦在二十五岁为官之前,写下这首《咏煤炭》,阐明他从政的心愿。诗中说:

> 凿开混沌得乌金，藏蓄阳和意最深。
> 爝火燃回春浩浩，洪炉照破夜沉沉。
> 鼎彝元赖生成力，铁石犹存死后心。
> 但愿苍生俱饱暖，不辞辛苦出山林。

这首诗通过吟咏煤炭燃烧自我、甘于奉献、为人们带来温暖和光明的精神，表达于谦愿意为天下苍生、国家社稷牺牲自我、乐于奉献的高尚情怀。《咏煤炭》也是一首广为流传的托物抒怀佳作。"

"'但愿苍生俱饱暖，不辞辛苦出山林。'这句写得朴实而充满情感，太棒了！"空空不禁赞叹起来。

"请禅师开示。"本本面向禅师双手合十。

"于谦一生清正廉明，以百姓利益为先，以国家社稷为重，这正是他石灰风骨和煤炭精神的充分体现。"禅师神色庄重，"明宣宗宣德五年（1430）至正统十三年（1448），于谦任兵部右侍郎兼河南巡抚、山西都御史，他长期奔波于太行山区和黄河两岸，勤于政务。当时河南、山西两省非旱即涝，自然灾害频繁，于谦采取了一系列利民措施如派粮赈灾、开办药局、治理黄河、减轻赋税等，政绩显著，受到百姓高度认可，被誉为'于青天'。当中有一个小故事，正统五年，四十三岁的于谦带领随从从河南前往山西，夜经太行山，被一群手持利刃的山贼包围。敌多我寡，随从震惊，于谦毫不畏惧，高声斥责，火把映照之下，山贼近看发现是于谦，便惊慌奔散。"

"邪不胜正。"空空忍不住插嘴。

"正统十四年（1449），于谦组织了北京保卫战，更是体现出于谦在国家存亡、民族危难的紧要关头,敢于担当、勇于牺牲的崇高气节。正统十四年七月,蒙古瓦剌部首领也先率领各部落分四路入侵边境。太监王振挟持明英宗朱祁镇亲征,在土木堡(今河北怀来东)被也先率领的瓦剌军包围,五十万大军全军覆灭,明英宗被俘。消息传来,举国震惊,朝中大臣主张迁都南逃,于谦坚决反对,危难中受命为兵部尚书,以一介书生率兵英勇救国。为遏制也先挟持英宗围攻北京城,于谦以社稷江山为重,拥立英宗之弟朱祁钰为景帝,亲自领兵守卫京城,立下军令,对临阵退却官兵一律处斩。在于谦的严密部署下,在众将士和京城百姓的齐心协助下,明军一举击败也先瓦剌军并乘胜追击,把瓦剌军赶出边境,也先在重创之下,主动放还英宗,明朝转危为安。"

"哇!太厉害了,于谦比岳飞、文天祥的功业更伟大!"空空的钦佩之情油然而生。

"本本,你把于谦的《立春日感怀》背诵一遍。"禅师望向本本。

"好的。"本本站起来,挺直腰板,凝神片刻,声情并茂朗诵起来:

立春日感怀
〔明〕于谦

年去年来白发新,匆匆马上又逢春。
关河底事空留客,岁月无情不贷人。
一寸丹心图报国,两行清泪为思亲。
孤怀激烈难消遣,漫把金盘簇五辛。

"好诗!好诗!"空空拍手欢呼,"本本哥哥,等你讲诗词故事。"

"北京保卫战胜利后,瓦剌军在北方节节败退,于谦率军一路追击。第二年立春这一天,于谦在边境督战,有所感怀,便创作了这首诗。诗中说:春去春来,岁月不饶人,头上白发越来越多了。时光无情流逝,我也渐渐变老,但始终保持着一颗报效祖国的炽热之心。为了家国平安,我驻守祖国边疆,立春时节,愈加思念远方亲人,孤独寂寞难以排遣,不如就顺应节令,做个五辛菜安慰自己吧。"

"国之栋梁也!"空空深受感动。

〔家国情怀名句〕

一寸丹心图报国,两行清泪为思亲。

〔朗诵指数〕

4.9

一寸丹心图报国，两行清泪为思亲。

赴戍登程口占示家人

[诗词心能量]

从于谦故居出来,禅师一行三人来到位于西湖三台山麓的于谦祠。

与岳王庙相比,于谦祠距离西湖稍远些,游人较少。

进入正门,前殿上方挂着"百无一人"牌匾,两侧楹联为林则徐亲笔题写的"公论久而后定,何处更得此人",显得庄严肃穆。

"这副楹联背后还有故事呢。"禅师对本本和空空说。

"好啊,喜欢听故事!"空空精神为之一振。

"你们先说说古代哪些诗人曾经在杭州为官?"禅师问。

"我来回答。"空空急忙举手,"白居易、苏轼。"

"还有林则徐。"本本补充道。

"我知道林则徐曾在虎门销烟,他在杭州当过官?"空空有点疑惑。

"这副楹联的故事得从林则徐在杭州为官说起。"禅师伸出左手摸摸空空脑袋,"嘉庆二十五年(1820)夏,三十六岁的林则徐被朝廷任命为浙江杭嘉湖道。在不到两年时间里,林则徐做了五件深受当地百姓称颂的事情,一是举行观风试(对读书人进行命题考试),借以选拔人才;二是整顿书院学风,按考试名次发放津贴,对成绩优异者赠以亲笔题写的楹帖;三是组织民众维修钱塘海堤;四是主持修缮林和靖祠,以纪念享有'梅妻鹤子'美誉的隐逸诗人林逋;五是带头发起募捐活动,集资修缮于谦祠墓。于谦祠修缮完毕,在众人邀请下,林则徐写下这副楹联,表达对于谦的景仰之情。"

"受教了!"空空对禅师双手合十。

"林则徐在杭州政绩突出,他不仅深受杭州百姓爱戴,也得到了朝廷的肯定。道光二年(1822)四月二十六日,道光皇帝召见林则徐,当面称赞他'汝在浙省虽为日未久,而官声颇好,办事没有毛病',道光皇帝对林则徐的赏识可见一斑。"

"禅师,给我们讲讲林则徐为官的故事吧!"空空满脸渴望。

"林则徐在广东禁烟、虎门销烟的故事大家都耳熟能详,我给你们讲讲林则徐'单衔上疏'的故事。"禅师看一眼院内青翠的树木,闭目思索片刻,缓缓睁开双眼说,"道光十三年(1833),林则徐担任江苏巡抚。江苏久雨,到了十月,大元、江宁等六县主要产粮区水灾严重,庄稼颗粒无收,林则徐决定与两江总督陶澍联名上奏,请求朝廷缓征赋税并向重灾区发放救济粮食。没想到联合奏折尚未写完,朝廷圣旨先到了。道光皇帝似乎看透了林陶二人的心思,他在圣旨中言辞严厉,大意是说,近年江苏年年申请缓征赋税,似乎已成习俗。为官者不想为国分忧，动不动就要求国家拨粮赈灾，实际上百姓并没有得到好处，反而为小官贪图利益、大官沽名钓誉提供了机会。今年不准减免税赋，不能发粮救济！在皇帝斥责之下，胆小怕事的陶澍退出联名上奏。而林则徐没有退却，为百姓据理力争，不顾九月以后不准报送秋灾的惯例，不顾必须与总督联名上奏的规定，独自一人撰写了长达三千多字的《江苏阴雨连绵田稻歉收情形片》，如实反映灾区人民惨状，陈述水灾对社会造成的影响，强调民惟邦本是国家首要大事。奏折里林则徐声泪俱下，怪罪自己作为地方官员，不能拯救百姓于苦难之中，其罪难免。道光皇帝看到奏折后无可奈何，交陶澍复议后准奏。"

"皇帝被林则徐的拳拳之心感动了？"空空问。

"林则徐为官四十多年，仕途顺利，可见道光皇帝对林则徐还是极为赞赏的，毕竟人才难得。林则徐在那个年代可以说是治水权威，他管辖的地方遭遇水灾，说明真是天灾。"禅师回答。

"道光皇帝如果不信任林则徐，也不会任命他为钦差大臣到广东禁烟。"本本说。

"那为什么林则徐虎门销烟后却被定罪，被贬谪到伊犁？"空空反问。

"问得好！1839年5月，林则徐在虎门销烟，震惊中外。此举标志着禁烟运动取得伟大胜利，给英国侵略者当头一击。承受巨大利益损失的英国侵略者不甘失败，于1840年6月发动鸦片战争。在林则徐的精心布防下，英国军舰无法在广东撕开防线，转而北上，攻占了布防松懈的浙江定海（今浙江舟山），并继续北上到达天津大沽口，清廷受到兵临城下的威胁。1840年9月,在投降派迫害下,朝廷以'办理不善'的罪名对林则徐进行革职处理,将其调任浙江。1841年5月林则徐因'废弛营务'罪被革去四品卿衔,从镇海发往伊犁效力赎罪。"

"又是小人坏事!"空空愤愤地说。

"道光二十二年(1842)七月,林则徐从西安启程前往伊犁,临别时写下了著名的《赴戍登程口占示家人》二首,你们谁来背诵?"禅师望向本本和空空。

空空看着本本:"我只记住其中两句,'苟利国家生死以,岂因祸福避趋之'。本本哥哥,你来吧。"

"我试试看。"本本看周围没有其他游人,大声朗诵起来:

赴戍登程口占示家人

〔清〕林则徐

其一

出门一笑莫心哀,浩荡襟怀到处开。
时事难从无过立,达官非自有生来。
风涛回首空三岛,尘壤从头数九垓。
休信儿童轻薄语,嗤他赵老送灯台。

其二

力微任重久神疲,再竭衰庸定不支。
苟利国家生死以,岂因祸福避趋之。
谪居正是君恩厚,养拙刚于戍卒宜。
戏与山妻谈故事,试吟断送老头皮。

"其一诗词大意是：我要出发去伊犁了，平生胸怀坦荡，没什么好难过的，万事岂能一帆风顺，人也并非生下来就是达官贵人。三年前，我在广东禁烟，丝毫不畏惧英国侵略者，带领将士和民众给予他们迎头痛击。如今趁机遍历祖国西北河山，也是一种福气，不要轻信他人说什么我这一去就不复回的鬼话。"

本本看了空空一眼，继续说："其二诗词大意是：我能力一般却肩负重任，早已觉得疲惫，长此以往，身体肯定吃不消。只要对国家有利，再苦再难，甚至牺牲生命，我都不在乎，更不会趋利避害。承蒙皇上恩泽，我被流放伊犁，借此机会做一名守卫西北边疆的战士，静下心来好好反省自己。马上要告别了，想起宋真宗时杨朴奉诏做官，其妻子为他送行时说'今日捉将官里去，这回断送老头皮'，于是跟夫人开玩笑说'你要学杨朴妻子作临别赠言吗'。"

"豁达！"空空竖起大拇指。

禅师神色肃穆地对本本和空空说："林则徐爱国爱民的壮举不仅让无数国人敬佩，连他的敌人，曾任英国驻香港总督的包令也对林则徐佩服得五体投地。1852年，包令在英国皇家亚洲学会宣读了其撰写的《钦差大臣林则徐的生平及著述》，对林则徐进行了高度评价：'林则徐太伟大了，他是中国一位理想的爱国志士，他忠诚地为他的国家服务了36年。在社会生活中，他以廉洁、智慧、行为正直著称。'"

"我们不会忘记虎门销烟的历史，更不会忘记林则徐。"空空握拳说道。

三人从于谦祠走出，天空湛蓝明澈，太阳的亮光穿破云翳，普照着天地万物。他们铭记着林则徐，也深深相信，爱国志士的精神与风骨终将在时间的长河里熠熠发光，如月之恒，如日之升！

〔家国情怀名句〕

风涛回首空三岛，尘壤从头数九垓。

苟利国家生死以，岂因祸福避趋之。

〔朗诵指数〕

4.8

苟利国家生死以，岂因祸福避趋之。

湘月·天风吹我

[诗词心能量]

"杭州不仅有美丽的西湖,还有这么多爱国诗人纪念馆,真心喜欢杭州!"空空望着前方"龚自珍纪念馆"门牌匾,兴奋地说,"我劝天公重抖擞,不拘一格降人才。"

"再来一句?"禅师望着雀跃的空空,打趣道。

"落红不是无情物,化作春泥更护花。"空空迅速回答。

"看来功课做足了。"禅师笑着说。

禅师一行三人进入龚自珍纪念馆,纪念馆为中式宅院,占地面积不大。庭院内有一座小假山,一池清水,几条金鱼结伴在清澈见底的水里自在地游动。在绿树及盆栽的衬托之下,一片灰瓦白墙,尽显江南园林特色。主体建筑是一座具有清代风格的五开间两层楼,门窗雕刻极为精细,雕梁画栋,造型别致,设计考究,尽显古朴典雅。正厅中央安放着一尊古铜色龚自珍半身塑像,面部棱角分明,散发着忧国忧民、不畏权贵的神气。

"龚自珍出生在名门望族,他的长辈有什么共同特征?"禅师问。

"都是名人。"空空调皮地回答。

"龚自珍的长辈都是大学者。他的祖父、外祖父、父亲、母亲文学修养极高,都有诗集、文集传世。"本本提前做了功课。

"哇!'学三代'!"空空顺口说道。

"空空了不起,还创造名词了。"禅师笑着摸摸空空的头。

禅师看了一眼龚自珍塑像,回头对本本和空空说:"家传治学之风自然而然影响了年少的龚自珍,对龚自珍影响最大的是其外祖父段玉裁。段玉裁是一代朴学大师,他常勉励龚自珍'爱亲、爱君、爱民、爱物',叮嘱外孙'博闻强记,多识蓄德。努力为名儒,为名臣,勿愿为名士。何谓有用之书?经史是也'。在外祖父的教导下,龚自珍年少便意气不凡,立志成就一番革旧图新、治国安邦的宏图大业。"

"龚自珍非常崇拜北宋名相王安石,曾九次手抄王安石《上仁宗皇帝言事书》。"本本说。

"嗯!尽管少怀大志,满腹经纶,出身官宦世家的龚自珍考取功名之路却颇为坎坷。二十七岁那年,龚自珍第四次参加乡试才中举人;三十八岁那年,龚自珍第六次参加会试才中进士。在殿试环节,龚自珍的答卷彰显其非凡文采,但主考官却以一个龚自珍始料未及的理由将他排在三甲第十九名,以致龚自珍殿试落第。"禅师停下来看着空空。

"什么理由?"空空问。

"字写得太丑!"禅师笑着对空空说。

"这个理由不合理!"空空打抱不平。

"肯定不合理,但为什么不把字练好一点呢?那个年代读书人的书法都不会太差。"禅师反问。

"这……"空空语塞了。

"也许是太自负了。"本本答道。

禅师朝本本点点头,抬头看着正厅上方牌匾"剑气箫心"说:"龚自珍考取进士后,继续担任内阁中书,官职不大,但并没有磨灭他报国之志。龚自珍过人之处在于他拥有非凡的洞察力。当时,清王朝内部日益腐败衰弱,帝国殖民主义在东南沿海寻衅滋事,沙皇俄国在西北边疆虎视眈眈。目睹这一切的龚自珍为国家安危、民族命运忧心忡忡,他积极向朝廷建言献策,对内要进行改革,对外要加强武装防备。然而,龚自珍苦心撰写的革旧图新、治国安邦大略不但不被朝廷采用,反而被保守派势力诬为狂言妄语,他因此背上'狂士'之名。"

"壮志难酬。"空空感慨道。

"龚自珍常在诗词中借'剑''箫'寄志抒怀,'剑'象征从军报国的雄心壮志,'箫'象征忧国忧民的哀愁幽怨,一箫一剑铸就了龚自珍的精神世界。"禅师回头望向本本和空空,"龚自珍诗友会现在开始!每人背一首龚自珍诗词,里面带'剑、箫'二字。"

"我先来!我背《秋心》三首的第一首。"空空生怕本本抢先说了自己背诵过的诗,连忙举手答道:

秋心如海复如潮,但有秋魂不可招。
漠漠郁金香在臂,亭亭古玉佩当腰。
气寒西北何人剑,声满东南几处箫。
斗大明星烂无数,长天一月坠林梢。

"好诗!"本本点赞。

"嘉庆十七年(1812)夏,二十一岁的龚自珍泛舟西湖,赋词一首,抒发远大的理想抱负。"本本挺直腰板,高声吟诵道:

湘月·天风吹我
〔清〕龚自珍

天风吹我,堕湖山一角,果然清丽。曾是东华生小客,回首苍茫无际。屠狗功名,雕龙文卷,岂是平生意?乡亲苏小,定应笑我非计。

才见一抹斜阳,半堤香草,顿惹清愁起。罗袜音尘何处觅,渺渺予怀孤寄。怨去吹箫,狂来说剑,两样销魂味。两般春梦,橹声荡入云水。

"好一个'怨去吹箫,狂来说剑'!本本哥哥,快说诗词小故事嘛。"空空望着本本。

"仿佛被风从天上吹下来,我落在美丽的白堤上,西湖景色果然清新秀丽。我从小在北京城长大,回首往昔,感慨人事苍茫,岁月蹉跎。自古以来,文人追求千古文章,武将渴望沙场杀敌,而我的追求是仿效王安石改革,让国家富强、民族振兴、人民幸福,这满腔热血又有谁知?远眺湖边山色,斜阳芳草依旧,愁绪涌上心头,我何日才能实现宏图大志?谁又是我的伯乐?知音难遇、壮志难酬,理想却不断在心头澎湃,将我置于落寞与激情、失望与希望、痛苦与兴奋交织的情绪之中。就让这两重犹如春梦般的思绪随着橹声飘散在云水间吧。"

"本本哥哥真牛！"空空说。

"你们一诗一词说得都很好！"禅师望着本本和空空，"腐朽的清王朝始终没有给予龚自珍实现理想的机会，道光十九年（1839），龚自珍辞官南下，对一生经历进行回顾与总结，写下了大型组诗《己亥杂诗》，合计三百一十五首。"

〖家国情怀名句〗

　　屠狗功名，雕龙文卷，岂是平生意?

　　怨去吹箫，狂来说剑，两样销魂味。
　　两般春梦，橹声荡入云水。

〖朗诵指数〗

　　4.8

怨去吹箫,狂来说剑,两样销魂味。

三元里

[诗词心能量]

"龚自珍有一个比他大十二岁的好友,两人生平经历非常相似,他们仅仅见了一次面,相处二十余天,彼此却一见如故,成为毕生挚友,你们知道这个人是谁吗?"禅师望着本本和空空。

"不知道。"本本和空空同时摇头。

"他叫张维屏。"禅师说。

"禅师,张维屏我不太熟悉,您给我们讲讲他的故事吧!"空空对着禅师双手合十。

"乾隆四十五年(1780),张维屏出生于广东番禺,自幼才华横溢,十三岁参加童子试名列榜首。和龚自珍一样,张维屏少年成名,但是科举之路几经坎坷,二十四岁始中举人,四十三岁那年,第四次上京参加会试才中进士。"

"龚自珍二十七岁第四次参加乡试始中举人,三十八岁第六次参加会试才中进士,可见他们俩在科举仕途上都不顺利。"空空叹了叹气。

"张维屏晚年曾篆刻印章一枚,将他求取功名的经历做了精辟总结：乾隆秀才，嘉庆举人，道光进士，咸丰老渔。"禅师停顿下来，若有所思。

"哇！真有才！十六个字，四朝天子。"空空惊呼。

禅师继续说："张维屏第二点与龚自珍相似的是，为官期间看透清廷腐败，失望之余，主动辞官返乡。道光三年（1823），张维屏中进士后，任湖北黄梅知州。适逢百年不遇之暴雨，他不计日夜，亲自指挥筑堤抢险，乘坐小舟勘察灾情，差一点被洪水冲走，幸被江边树枝挂住保全性命。当地百姓感其所为，为他作歌'犯急湍，官救民，神救官'，张维屏一时声名大振，却因此遭到同僚妒恨陷害。道光十六年（1836），张维屏奉旨前往江西建昌主持扑灭蝗灾，成绩卓著，又招同僚攻击。一心勤政爱民的张维屏无法忍受官场黑暗与腐败，心灰意冷，逐渐萌生了'一官无补苍生，不如归去'的念头。道光十六年秋天，五十七岁的张维屏向朝廷告病辞官，回到故里广州。"

"同病相怜。"空空惆怅道。

禅师看着龚自珍故居廊道外面青绿的池水，转身说道："张维屏第三点和龚自珍相似的是，对鸦片危害有着清醒认识。鸦片流入中国后，龚自珍和张维屏都是坚定的反烟派、禁烟派。龚自珍称鸦片为'食妖'，他指出，若不断然禁烟，切断鸦片来源，则国家危难近矣。张维屏在广州，目睹鸦片对人民的危害，创作了多首关于鸦片毒害的诗歌，强烈请求朝廷禁烟。此外，龚自珍与张维屏积极为南下禁烟的林则徐出谋划策，力挺林则徐和英国殖民主义者做坚决斗争。"

"英雄所见略同。"空空竖起大拇指。

禅师朝空空点点头，接着说："张维屏第四点和龚自珍相似的是，能够放眼世界，看穿西方列强侵略中国的阴谋。早在1823年，龚自珍曾上书清廷阐述英俄帝国主义对我国的威胁，呼吁朝廷早作戒备。张维屏身处岭南，在英国对华贸易中，他已发觉外国侵略者的野心，所以在鸦片战争发生之前，他就明确提出要巩固海防。1840年，鸦片战争爆发，广东沿海是主战场，张维屏敏锐地觉察到英国殖民侵略者会北上侵犯其他沿海省份，作《海门》诗一首：

七省边隅接海疆，海门锁钥费周防。
贾生一掬忧时泪，岂独关心在梓桑。

由此可见，张维屏不只是关心自己家乡，而是关心整个国家安危存亡。这种天下兴亡、匹夫有责的责任感，与龚自珍爱国爱民情怀是一致的。"

"难怪他俩相见恨晚。"空空恍然大悟。

"道光十年（1830），张维屏上京，第一次和在京为官的龚自珍见面，共同的才情与意气让他们视对方为知己，惺惺相惜。"

"我和本本哥哥也是志同道合，惺惺相惜。"空空笑着与本本对视。

"张维屏一生写下大量爱国诗篇，其中以反映广州人民群众抗击帝国主义侵略者斗争的史诗《三元里》影响最深远。它激励一代又一代的中华儿女铭记先辈功绩，在祖国面临外来侵略时，不畏强暴，团结一致，奋起斗争。"禅师闭上眼睛，陷入深深的思索中。

"禅师,三元里抗英斗争故事是怎样的呢?"空空问。

禅师缓缓睁开双眼,看着本本和空空说:"1841年5月29日,英军侵略者到广州三元里恣意抢夺、侮辱妇女,当地人民在忍无可忍的情况下奋力反击,给予闹事者迎头痛击。三元里村民预料英军将前来报复,遂联络了三元里及周围一百零三个乡的农民万余人组成平英团,聚集在三元里村东北牛栏岗上,利用当地复杂的地形,准备诱歼敌人。5月30日清晨,当前来报复的英军经过三元里时,埋伏已久的农民蜂拥而上,他们手提大刀、长矛、长棍、锄头等原始武器,追歼英国侵略者。临近中午,电闪雷鸣,大雨倾盆,英军火药枪在暴雨中无法开火,英军死伤惨重,只得结成方队退却,这次战斗以三元里人民大获全胜结束。当时张维屏居住在三元里附近,亲身经历了这场壮观的反抗斗争,深深被三元里人民不怕牺牲、英勇作战的精神感动,写下了著名的叙事诗《三元里》,诗词如下:

三元里

〔清〕张维屏

三元里前声若雷,千众万众同时来。
因义生愤愤生勇,乡民合力强徒摧。
家室田庐须保卫,不待鼓声群作气。
妇女齐心亦健儿,犁锄在手皆兵器。
乡分远近旗斑斓,什队百队沿溪山。
众夷相视忽变色,黑旗死仗难生还。
夷兵所恃惟枪炮,人心合处天心到。
晴空骤雨忽倾盆,凶夷无所施其暴。

岂特火器无所施，夷足不惯行滑泥。
下者田塍苦踯躅，高者冈阜愁颠挤。
中有夷酋貌尤丑，象皮作甲裹身厚。
一戈已舂长狄喉，十日犹悬郅支首。
纷然欲遁无双翅，歼厥渠魁真易事。
不解何由巨网开，枯鱼竟得攸然逝。
魏绛和戎且解忧，风人慷慨赋同仇。
如何全盛金瓯日，却类金缯岁币谋？

此诗大意为：为保护亲人不被凌辱、家园不被侵犯，成千上万的三元里人民从四面八方拥来，妇女也加入到这场声势浩大的抗争中。众人斗志激昂，手持犁锄等农具，举起各色彩旗冲向敌军。敌人看到我方高举黑旗，惊恐万状，以为无法逃生了。突然之间，雷鸣电闪，大雨如注，敌军炮火被雨水淋湿，变成了哑炮，无法发挥作用。敌人脚穿长靴，在田间小路举步维艰，那些在山坡上的敌军纷纷滑倒。人民群众对侵略者的横行霸道早已深恶痛绝，尤其痛恨挑起战争的敌军指挥官，志士们合力追杀敌军首领，一举将他们击毙。敌军已成瓮中之鳖，无处可逃，卖国贼奕山却命令广州知府驱散三元里义军，让敌军逃脱。我要慷慨赋诗，和义军同仇敌忾！向侵略者屈膝求和，赔偿大量银两和丝织品，怎能保全祖国疆土完整？"

"好一幅人民群众抗击侵略斗争的历史画卷！慷慨悲壮！"本本感叹道。

"张维屏这首爱国诗歌与其他爱国诗歌最大的区别在于，人民群众第一次成为诗歌的主角，而非诗人本身。"禅师语重心长地点拨。

　　本本和空空站在廊道边上，聆听着鸟儿欢叫，久久沉浸在张维屏那首慷慨悲壮、气贯长虹的史诗中。

〔家国情怀名句〕

　　三元里前声若雷，千众万众同时来。
　　因义生愤愤生勇，乡民合力强徒摧。

　　魏绛和戎且解忧，风人慷慨赋同仇。

〔朗诵指数〕

4.8

因义生愤愤生勇，乡民合力强徒摧。

黄海舟中日人索句并见日俄战争地图

[诗词心能量]

禅师、本本和空空从西泠印社走出来。

"'西湖三杰'是哪三位?记住没有?"禅师问空空。

"记住啦!岳飞、于谦、张煌言,他们三人都被葬在西湖边上。"

"还有一位著名爱国诗人也被葬在西湖边上,而且距离湖边最近,知道是谁吗?"

"秋瑾!她被葬在前面的西泠桥边。"

"看来你对秋瑾的事迹很熟悉啊。"禅师拍拍空空的肩膀。

"禅师,我看过漫画《竞雄女侠秋瑾》。"空空笑了笑,"咱们左前方的白色雕塑就是秋瑾像。"

不到五分钟,禅师、本本和空空来到了秋瑾墓跟前。墓地不大,靠山临水,后面紧挨孤山,绿树葱郁,距离白堤水岸不足三十米。秋瑾墓用花岗岩砌成，正面嵌刻着孙中山题字"巾帼英雄"。墓座上端是汉白玉秋瑾站立雕塑，高约三米，头梳髻，上穿大襟唐装，下着百褶散裙，左手叉腰，右手按着一把竖立宝剑，眼望西湖，英姿飒爽，大气凛然，令人肃然起敬。

"自古有名人迁墓先例，但秋瑾墓迁移次数之多，恐怕也是史无前例。"禅师感叹。

"漫画书上没说到，迁移了多少次？"空空问。

"十次。"禅师答。

"天哪！"空空诧异万分，"禅师，您给我们讲讲秋瑾的故事吧。"

"秋瑾出生在书香门第、官宦之家，在父母教导下，她从小醉心于中国古典诗歌，喜欢杜甫、陆游、辛弃疾、李清照等名家作品，被他们诗词中忧国忧民的情怀深深吸引。此外，秋瑾特别爱看女杰传记，推崇秦良玉、花木兰、梁红玉、穆桂英等巾帼英雄事迹。与同乡陆游相似，秋瑾自小尚武，十二岁跟随舅父学习武术、剑术与骑术。为表示不甘落后于男子，她给自己取号'竞雄'。老家绍兴以鉴湖闻名，素有侠肝义胆的秋瑾再取号'鉴湖女侠'。"

"真是一个志在千里的奇女子！"空空竖起大拇指。

"你们每人说说秋瑾巾帼不让须眉的诗句？"禅师想考考眼前两位小友。

"我先来！"空空想起漫画里的句子，"'身不得，男儿列，心却比，男儿烈。'"

"好句！"本本拍掌，"'莫重男儿薄女儿，始信英雄亦有雌。'"

"精妙！"空空喝彩。

"你们太棒了！"禅师欣慰地说，"我也来一句，'休言女子非英物，夜夜龙泉壁上鸣'。"

"好一句'夜夜龙泉壁上鸣'！"空空鼓掌称赞。

禅师继续说："秋瑾生于清末国家动乱之际，当时帝国主义列强入侵，腐败无能的清廷不断割地赔款。为达到赔白银求安稳的目的，清廷加大对劳动人民的剥削，导致社会矛盾日益尖锐。秋瑾在成长过程中目睹清朝封建统治者对外屈膝投降、对内残酷镇压的恶举，以及帝国殖民主义者在中国横行霸道、烧抢掠夺的罪行，她满腔愤懑，以诗言志，表达对国家与民族的担忧，抒发反对封建压迫、驱除鞑虏、恢复中华的豪情壮志。心系天下兴亡，情关百姓疾苦，秋瑾是具有强烈担当意识的时代杰出女性之代表。"

"秋瑾诗友会现在开始，每人来一首秋瑾诗词。"禅师微笑看着本本和空空。

本本和空空相互对视了一眼。"我先来。"空空清了清嗓子，开始朗诵：

不惜千金买宝刀，貂裘换酒也堪豪。
一腔热血勤珍重，洒去犹能化碧涛。

"这首《对酒》创作于秋瑾留学日本期间，她购买了一把宝刀，与友人饮酒时即席而作，表达了轻视金钱、尚武任侠的品性及杀身成仁的革命精神。"

"说得好！"禅师朝空空点点头。

"我分享《黄海舟中日人索句并见日俄战争地图》。"

本本抬头看了一眼秋瑾雕塑,开始吟诵:

黄海舟中日人索句并见日俄战争地图
〔清〕秋瑾

万里乘风去复来,只身东海挟春雷。
忍看图画移颜色,肯使江山付劫灰。
浊酒不销忧国泪,救时应仗出群才。
拼将十万头颅血,须把乾坤力挽回。

"1904年2月,日俄战争爆发,这是日俄两国在我国东北争夺领土的一场战争,腐败无能的清政府竟然宣布中立!持续两年的战争让东北人民蒙受了空前浩劫。1905年6月,秋瑾第二次奔赴日本,在船上看到日俄战争地图,悲愤不已,挥笔写下此诗。诗歌大意是:我一个人不辞万里往返日本,只为唤醒广大民众投身于革命的激情。有血性的中国人怎么忍心看着祖国版图成为帝国列强领土?怎能眼睁睁看着祖国大好河山遭遇日俄战争的破坏?国土被践踏,人民被欺凌,喝酒发牢骚不能拯救国家民族于水深火热之中,唯一出路是忧国忧民的有识之士勇敢地站起来,不怕牺牲,奋力抗争,领导革命志士推翻腐朽清王朝统治。只有这样,才能扭转乾坤,才能挽救国家与民族!"本本说完,朝秋瑾像深深鞠躬。

"太棒了!"禅师赞叹,"1906年初秋瑾回国,为推翻腐败清廷,她积极投身到火热的革命斗争之中。1906年9月,秋瑾与好友徐自华游玩西湖,她指着西泠桥方向对徐自华说:'身为革命门,定有牺牲者,若能葬身那里,与岳王墓相邻，此生之福。'1907年7月，秋瑾在绍兴起义失败后，拒绝转移，被清兵抓获。受审期间，她在供词纸上书写'秋风秋雨愁煞人'七字，表达了对革命失败的惋惜。7月15日，秋瑾就义前给学生徐小淑写下绝笔《致徐小淑绝命词》，诗句'虽死犹生，牺牲尽我责任'表现了她视死如归的革命精神。"

"秋瑾是中国历史长河的一颗明星，也是伫立在西湖边上的一颗明珠。"空空如有神助般诗意地表达了自己的心声。

桥边平岸，水光如锦，草如烟。湖天相接，水映衬着天，天为水增色。阳光铺洒在湖面上，如银般熠熠发光，引人联想起一颗颗像秋瑾那样的璀璨明星，他们无时无刻不在历史长河中坚毅地闪烁，感召着后人以深沉绵长的家国情怀傲立于世！

〔家国情怀名句〕

忍看图画移颜色，肯使江山付劫灰。
浊酒不销忧国泪，救时应仗出群才。
拼将十万头颅血，须把乾坤力挽回。

〔朗诵指数〕

4.8

浊酒不销忧国泪，救时应仗出群才。

后记

曾经有个朋友跟我说:"我们中国人真幸福,拥有唐诗宋词这么好的文化瑰宝,能够浸润在诗词中,实在是人生之乐事!"这句话乍一听很平常,然而细细思量,作为一个中国人的自豪感就慢慢升起来了。

爱上古诗词,得益于我尊敬的导师国务院参事王京生先生,他在诗词上造诣颇高。听着他吟诵一首首沁人心脾的诗词,我才真正体会到诗词的美,才真正领悟到诗词是一道光,照亮我们的生活。

2018年冬天开始,我每天早晨向王京生先生打卡一首诗词,在他的悉心指导下,我对诗词的兴趣与日俱增,"看山看水入诗眼,岁月不觉须眉苍"。行走在诗意大道上,那种快乐着实令人欢喜。

诗词读多了,我的感触愈深。在全球化日益发展的当下,很多人家国观念都淡化了。家国情怀是我们成长的根,一棵树没有根,它长不起来,人也一样。因此,我决定拾笔写作,与读者一同品味诗词中的家国情怀。

本书是拙作《汉字与修身智慧》的姊妹篇,我把自己幻化为中年禅师,与两位少年诗词达人本本和空空踏上诗词游历之旅,以诗词为媒介,感受爱国志士对人民、对国家、对民族的满腔深情。

致谢王蒙先生的教诲并为本书题写书名,这对我是莫大的支持和鼓励。

致谢北京大学文学博士尹昌龙先生给我诗词上的启迪和帮助。

感谢杨婷姻女士为此书进行细致的修改和校对。

感谢林海音女士、朱希女士的文字建议。

感恩我的父母和家人。

倘若读者诸君在阅读此书的过程中,能感受到诗词里蕴藉的正气,从而砥砺情怀,赍志以行,便足以使我深感欣慰!限于学识,书中错漏难免,还望方家批评指正。